KB008451

로크미디어가
유혹하는
재미있는 세상

ROK
MEDIA
로크미디어

다시 사는
재벌가
망나니

다시 사는 재벌가 망나니 4

2021년 3월 18일 초판 1쇄 인쇄
2021년 3월 23일 초판 1쇄 발행

지은이 맹물사탕
발행인 이종주

총괄 김정수
경영지원 배진경 임혜솔 송지유

기획 이기헌 왕소현 박경무 강민구
책임 편집 김홍식

발행처 (주)로크미디어
출판등록 2003년 3월 24일
주소 서울시 마포구 성암로 330 DMC첨단산업센터 3층 318호, 319호
Tel (02)3273-5135 **편집** (070)7860-2726 **Fax** (02)3273-5134
홈페이지 rokmedia.com **E-mail** rokmedia@empas.com

ⓒ 맹물사탕, 2021

값 8,000원

ISBN 979-11-354-9540-3 (4권)
ISBN 979-11-354-9456-7 04810 (세트)

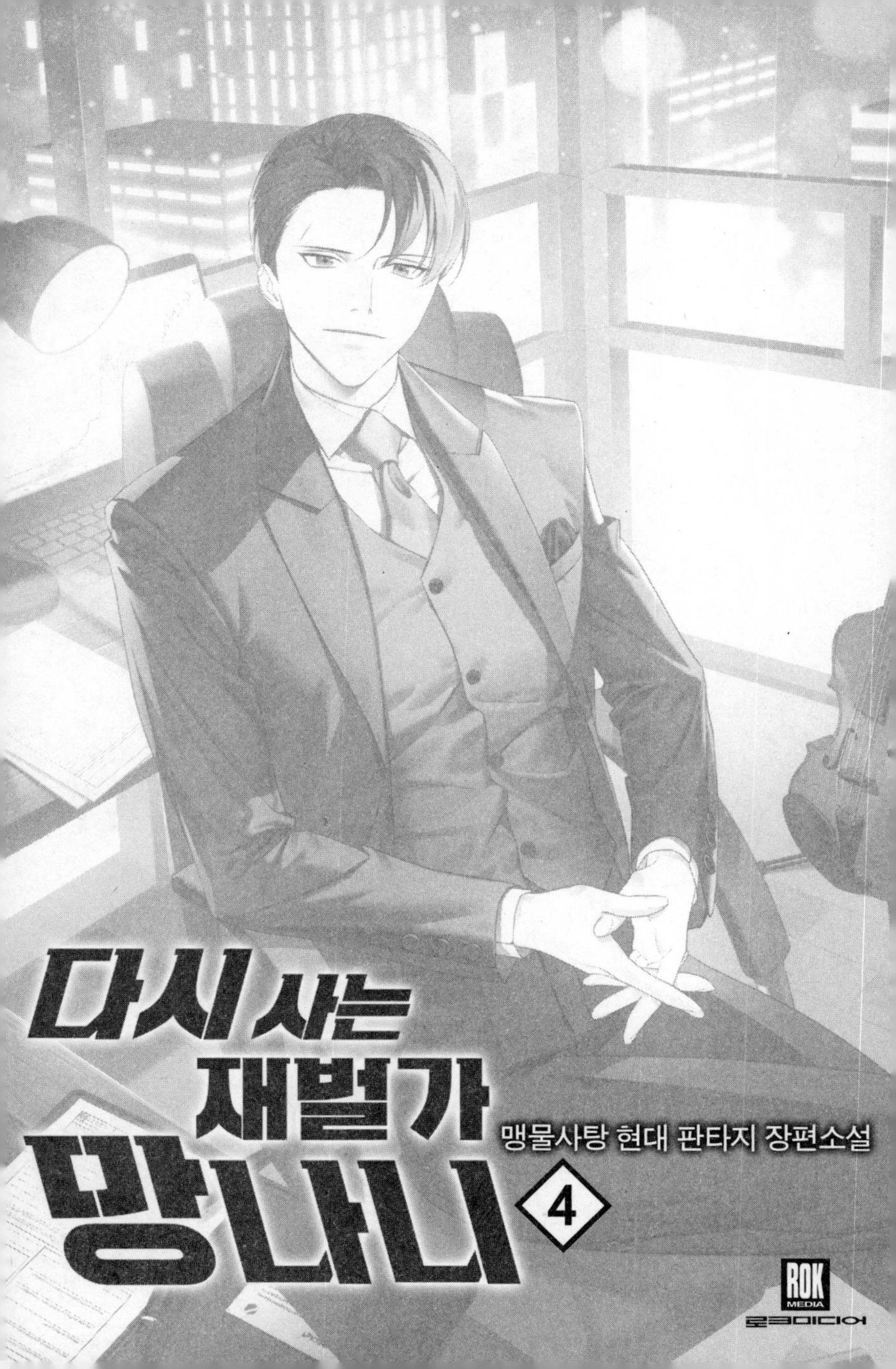
다시 사는
재벌가
망나니
맹물사탕 현대 판타지 장편소설
4
ROK MEDIA
로크미디어

Contents

1장

이휘철은 마이크를 넘겨받지도 않고 단상에 섰다.

자리에 모인 모두가 그를 주목하는 가운데, 이휘철은 가만히 내방객을 둘러보았다.

그건 마치 한 사람 한 사람과 눈을 마주치고 이들을 기억하기라도 하는 양 착각을 불러일으키는 몸짓이었다.

이 자리에는 신문이며 TV에서만 이휘철을 봐 오다가 처음으로 그 실물을 영접하는 이들도 있었고, 지나치게 자주 봐서 사소한 버릇 하나까지 기억할 만큼 익숙한 사람들도 있었으나, 이휘철은 어느 한곳에 특정해 시선을 오래 머무는 법 없이 모두를 두루 살폈다.

이윽고, 이휘철이 입을 열었다.

"하객 여러분."

기계장치를 빌리지 않았음에도 불구하고, 이휘철의 목소리는 홀을 가득 메웠다.

"제가 환갑을 넘긴 지 올해로 여덟 해가 지났습니다."

그가 내뱉는 목소리에는 기묘한 힘이 담겨 있었다.

"그간 대한민국에는 많은 일이 있었지요. 일제강점기 시절을 지나 제가 스무 살이 되었을 때, 우리나라는 광복을 맞이했습니다."

이휘철은 빙그레 미소를 지었다.

"그 당시 우리나라의 수많은 국민들처럼 제게는 아무것도 가진 것이 없었지요. 형님이 떠나며 남긴 수많은 빚과 아직 어린 조카들을 앞에 두고 저는 다짐했습니다."

이 자리에서 이휘철의 오래전 작고한 형을 들먹이다니?

청중들은 이휘철의 입에서 흘러나오는 발언의 저의에 대해 저마다 당혹스러워하는 눈치였다.

그야, 이휘철의 형 이휘찬의 존재는 삼광 그룹 일가에서 여간해선 들춰내고 싶어 하지 않는 치부였으므로.

세간에 알려진 바, 이휘철의 형인 이휘찬은 방탕한 호색가이자 음주 가무에 능한 한량이었고, 당시 일본에 이휘철을 유학 보낼 만큼 꽤나 있는 가산을 탕진한 망나니였다.

모두가 이휘철을 주목했다.

그 입에서 흘러나올 발언 하나하나가 대한민국의 재계에

적잖은 영향을 끼치는 것도 사실이기에.

이휘철이 입을 뗐다.

"……반드시, 형님의 유지를 이어받겠노라고 말이지요."

장내에 짧은 술렁임이 일었다가, 이휘철이 몸을 조금 기울이는 것으로, 모두 약속이라도 한 양 입을 굳게 다물었다.

"세간에는 형님께서 호색 방탕한 삶을 살며 가산을 탕진한 것으로 알려져 있습니다. 하지만 이는 사실이 아닙니다."

정적. 그 뒤 이어지는 발언.

"형님은 일제의 감시를 피해 주색잡기를 쫓는 척, 아무도 모르게 독립운동의 자금을 대고 있었던 거지요."

망나니로 알려진 이휘찬이 실은 일제의 눈을 피해 독립운동을 하던 사람이었다니?

웅성웅성.

이휘철의 발언은 적잖은 파장을 불러일으켰고, 이휘철은 담담한 얼굴로 소란이 가라앉길 기다렸다가 말을 이었다.

"그러나 형님께서는 애석하게도 광복을 두 눈으로 보지 못한 채, 세상을 뜨고 말았습니다. 형님께선 세상을 뜨기 전, 저를 불러 말씀하셨지요."

이휘철이 천천히, 되새기듯 나직이 말을 뱉었다.

"사람을 모아 힘을 키우고, 이를 바탕으로 진심을 다해 나라를 강병하게 하라."

이휘철은 연설을 이어 갔다.

"삼광이라고 하는 저희 사명은 그렇게 해서 정해졌습니다. 힘이란 기술이고, 사람이란 인재이며, 나라를 강병하게 하라 함은 인류 사회에 공헌하라는 뜻으로. 그리고 진심이란 어느 일에서건 몸을 바쳐 최선을 다하란 의미로."

그리고 잠시 뜸을 들인 이휘철의 목소리가 희미하게 떨리며 물기를 머금었다.

"형님의 유지를 받들어 사방팔방 뛰어다니다 보니 어느덧 이순을 훌쩍 넘기고 이젠 칠순을 앞두게 되었습니다."

그것도 잠시, 이휘철의 목소리는 언제 격양되었느냐는 듯 다시 평조를 되찾았다.

"모처럼 제 식구들이 한자리에 모인 자리여서 주책없게 감상적인 이야기를 늘어놓고 말았습니다만."

그리고 이휘철은 지배인과 눈을 마주쳤고, 호텔 지배인은 조용한 몸짓으로 이휘철에게 잔을 건넸다.

이휘철이 잔을 높이 들었다.

"오늘은 저보다 형님을 위해 건배해 주셨으면 하고 양해를 구하고자 합니다."

모두가 엄숙한 분위기 속에 잔을 들었고.

"건배 후 제 자리로 돌아가겠습니다. 다들 잔을 채워 주시겠습니까."

하나둘 이휘철의 말을 따르자.

"그럼, 건배하시지요."

이휘철은 침묵 속에서 깔끔하게 잔을 비운 뒤 뒤돌아보지도 않고 약속한 대로 단상을 내려왔다.

이휘철의 퇴장에 이어 박수가 터져 나왔다.

박수갈채 속에서 단상을 내려온 이휘철에게 예전 같으면 뒤이어 이런저런 인사를 받을 겸 그에게 얼굴도장을 찍으려는 인파가 몰려들어야 했으나, 왠지 모를 엄숙한 분위기는 그럴 엄두를 내지 못하게 했다.

그러는 사이 적당히 자리가 무르익고, 이휘철이 내방자의 인사를 적당히 받으며 돌아다니고 있으려니 곽철용이 말을 건네 왔다.

"봉효."

이휘철은 주위의 알게 모르게 따라붙은 수행원들에게 눈치를 줘 주변을 정리하게 한 뒤 미소를 지었다.

"아, 자넨가."

"왜, 못 볼 사람을 본 것처럼."

"정말로 올 줄은 몰랐거든. 그야, 너는 이런 자리를 질색하는 놈이니까."

"흥, 아무렴 너 같을까."

두 노인은 다른 사람들이 보면 화들짝 놀랄 만큼 허물없이 이놈 저놈 하며 말을 주고받았다.

그만큼 둘은 오래전부터 허물없이 지내 온 사이였다.

곽철용이 말을 이었다.

"여전히 연기가 일품이군. 나도 깜빡 속을 뻔했어. 이 늙은이가 나이가 들어 정치판에 기웃거리기라도 할 셈인가 하고 말이야. 노망이 들었나, 싶을 지경이었다니까."

그 말에 이휘철은 마치 소년처럼 킬킬거리며 웃었다.

"적당한 쇼맨십은 리더의 소양이라고 하니까 말이지."

곽철용은 그런 이휘철을 보며 혀를 끌끌 찼다.

"저승에 가면 자네 형님도 '내가 그랬나?' 하고 어리둥절해하겠군."

이휘철이 미소를 머금은 채 턱을 매만졌다.

"어떤 의미로는 결과적 사실이지 않나."

"결과적 사실이라."

"그래. 그 인간이 뻔질나게 드나들던 기생집 중엔 몰래 독립운동 후원을 해 주던 곳도 있었으니까 말이야. 모르긴 몰라도 우리 집안 재산 일부는 거기로 흘러들어 갔을 테고."

말하면서 형 이휘찬을 떠올렸는지, 이휘철의 눈에 복잡한 감정이 언뜻 서렸다가 사라졌다.

"나 참."

곽철용이 쓴웃음을 지었다.

"그래도 늘그막에 유순해지긴 한 모양이야. 어찌 됐건 자네가 그 형님을 포장해 줄 정도라니."

이휘철이 무표정하게 받아쳤다.

"죽은 자는 말이 없지. 말을 할 필요도 없고."

곽철용은 그런 이휘철을 바라보다가 고개를 돌렸다.

"그래. 죽은 자에 대해 떠드는 건 산 사람만 할 수 있는 일이지. 이번엔 제법 떠들썩하게 떠들어 대겠지만."

곽철용의 말마따나.

그사이 더러는 구석으로 움직여 큼지막한 휴대전화기를 꺼내는가 하면, 누군가는 황급히 전화기를 찾아 홀 밖으로 잽싸게 빠져나갔다.

삼광 그룹의 이휘철 일가가 알고 보니 독립유공자였다는 건, 어떤 의미에선 큰 뉴스거리였으므로.

이 자리에는 언론 종사자들도 몇몇 초청되어 있었는데, 이는 물론 이휘철의 의도였다.

"그런데 괜찮겠나?"

곽철용은 말하며 슬쩍, 이휘철의 조카들이 모인 곳을 살폈다.

그곳엔 차마 이휘철에게 다가가지 못한 사람들이 불에 모여드는 나방처럼 자연스럽게 모여들어 있었다.

곽철용이 목소리를 낮췄다.

"이로써 사생아 취급 받던 조카들에게 독립유공자의 직계라는 명분이 생기고 말았는데."

그러면서 곽철용은 저 멀리 임원진과 이야기 중인 이태석을 흘끔 쳐다보았다.

"자네 아들은?"

"태석이 녀석이야, 뭐 가르칠 건 다 가르쳤으니 알아서 해야지."

"흠."

곽철용이 빈 웃음을 지었다.

"자네는 욕심 하난 드글드글한 주제에 혈육의 정은 별로 없는 듯해."

"그럴 리가. 어딜 가도 나만 한 오너 경영 신봉자도 찾기 힘들걸."

"흥…… 말이 나와서 하는 거지만, 내일이라도 자네가 죽어 버리면 경영 문제는 제법 혼란스러워질걸."

"그렇겠지."

이휘철은 딱히 부정하는 일도 없이 순순히 수긍했다.

"날 닮아서 욕심이 드글드글한 놈들로만 가져다 채웠으니까."

곽철용은 이태석의 주위에 포진한 임원들과 주주들을 보며 흘리듯 말을 꺼냈다.

"아예 지금이라도 계승 문제는 못을 박아 두는 게 어때?"

왠지 그가 아는 곽철용답지 않은 말이었지만, 이휘철은 놀라는 기색 없이 담담하게 대답했다.

"그건 안 되지. 내가 거들고 나서기엔 녀석은 아직 너무 젊거든."

"결과를 볼 수도 없을 텐데?"

"그 뒤에 일이야 내가 신경 쓸 필요가 있을까? 말마따나 죽고 없어진 뒤의 이야긴데."

"그거 참."

곽철용은 쓴웃음을 지었다.

"또 일종의 시험인 셈인가?"

"그걸 어떻게 극복하느냐에 따라 달라지겠지. 거기서 무너지면, 거기까지인 거고."

이휘철이 피식 웃었다.

"게다가 시대가 변했어. 태석이 혼자 회사를 집어삼키기엔 덩치가 너무 커지기도 했고. 차라리 지금 이 자리라도 공고히 하며 돈 되는 일에만 집중하도록 하는 게 낫지."

곽철용은 고개를 끄덕였다.

"자네 아들인 태석이야 그렇겠지만, 손주 생각은 어떨까? 그러다가, 자네가 아끼는 손주가 물려받을 게 남아 있겠나?"

"내 손주? 성진이 녀석 말이냐?"

"그래. 뺀질뺀질하게 잘생긴 녀석."

이휘철이 눈을 반짝 빛냈다.

"그래서, 봤지? 어떻든."

싱글벙글 웃는 이휘철을 보며 곽철용은 고개를 돌렸다.

"저쪽, 요리사들 보이지?"

"음? 아, 그래. 미라가 제법 그럴듯한 기획을 준비했나 보던데."

시선이 닿은 끝자락에는 신화호텔의 내로라하는 각 식당의 총주방장들이 일사불란하게 지시를 이어 가며 즉석요리를 만들어 내고 있었다.

"그렇게 생각하나?"

히죽거리는 곽철용을 보며 이휘철이 입매를 비틀었다.

"이거, 재밌는 구경을 놓친 거 같군."

"그래. 퍽 재미났지. 자네의 연설만큼이나."

곽철용의 짧은 암시에서 이휘철은 이번 파티 푸드 기획에 이성진의 입김이 닿았음을 단박에 눈치챘다.

"이미라의 뚱땡이 조카가 웬 꼬맹이한테 무어라 시비를 튼 모양이던데. 거기서 네 자랑스러운 손주가 한 건 했지."

"허, 녀석. 오지랖하곤."

곽철용은 손에 들고 있던 김빠진 맥주를 홀짝였다.

"그거, 공연한 오지랖이었을까? 이미라의 사업체 일부를 받을 모양이던 뚱땡이 조카는 공식 석상에서 망신살이 뻗쳤고, 자네 손주는 이미라의 마음에 쏙 들었어. 저 눈빛 좀 보라지."

이휘철은 저 멀리 이성진을 시야 한구석에 두고 있는 이미라를 보았다.

곽철용이 픽 웃으며 말을 이었다.

"이성진이가 자네 장손만 아니면 양자로 들이고 싶단 생각을 하고 있는 게야."

이휘철은 흐음, 하고 고개를 끄덕였다.

"자네는 어때?"

"뭘."

"내 손주, 괜찮지 않냐?"

"이 영감탱이가 팔불출을 몸소 실현하려는 모양이군. 손주 자랑 하려면 돈 내고 해."

이성진을 향한 이휘철의 평은 그의 직계혈족이어서 팔이 안으로 굽은 것이 아니었다.

그런 이휘철의 됨됨이를 잘 알고 있던 곽철용은 거기에 대고 팔불출 운운하긴 했지만, 어느 정도는 진심으로 흥미로워하고 있었다.

그런 곽철용의 내심을 눈치챈 이휘철이 웃었다.

"어찌 됐건 녀석은 빈손으로 내던져도 혼자 일어설 놈이야. 어디까지 클지, 그걸 못 보는 게 아쉬울 따름이지."

"그런가. ……자네 손주 하는 걸 보면 제법 재미는 있겠어. 문제는 우리가 그걸 지켜보고 있기 힘든 늙은이란 거지만."

"나한텐 해당되지 않는 말이군."

"혼자 정정한 척하긴. 우리 나이가 되면 다음 날을 예측하기 힘든 법인데."

뒤이어 곽철용의 시선은 이태석과 몇몇 일동이 모인 자리를 향했다.

"더욱이 자네 손주가 오지랖을 부리곤 백마 탄 왕자님이 되어 구해 낸 아가씨가 알고 보니 퀄컴의 관계자였던 모양이야."

"그래?"

"사실, 저 어수룩해 보이는 남자는 생각 외로 퀄컴 내의 실권을 쥐락펴락하고 있거든. 본인은 의식하지 않는 모양이네만."

"성진이 놈이 의도한 걸까."

"그건 모르지. 하지만 저 쫄랑쫄랑 따라붙는 여자애를 떼어 내려 안달인 걸 보면 거기까진 예상 못 한 결과 같은데."

이휘철은 끌끌 웃으며 저 멀리, 졸졸 따라붙는 박세나며 김민정을 끌고 다니는 이성진을 바라보았다.

"크크, 내 손주 녀석이지만, 아주 똑똑한 녀석은 아니야."

이휘철의 말에 곽철용은 피식 웃었다.

"뭐, 자네 손주에게 흡인력이 있단 건 분명하지……."

곽철용은 말끝을 흐리더니 고개를 저었다.

"보아하니 기회가 제 발로 찾아오는 모양이긴 허이. 하지만 그 기회란 건 성진이란 아이에겐 미꾸라지 같은 걸세. 그런 의미에서 자네 손주는 그 기회를 붙잡을 능력이 있어 보이는군. 확언하기엔 좀 더 지켜봐야 할 문제지만."

이휘철이 고개를 끄덕였다.

"맞아. 녀석은 뭐랄까, 항상 확신에 차서 움직이는 녀석이긴 하지. 태준이 말마따나 용이 될 수도, 이무기로 남을 수도 있을 녀석이다."

"……용이라."

곽철용이 턱을 긁적였다.

"아, 그래. 태준이도 이런 자리에 얼굴을 비치는 녀석이 아닌데. 녀석."

말하면서 곽철용은 저 멀리 서 있는 이태준을 보았고, 이휘철이 미소를 지었다.

삼광장학재단의 이사장인 이태준은 그의 아들인 이남진을 데리고서 이곳저곳을 쏘다니는 중이었다.

이휘철이 씩 웃었다.

"태준이가 사람 보는 눈은 나쁘지 않거든."

이휘철의 말에 곽철용은 어깨를 으쓱였다.

"그래. 발 뻗을 곳 봐 가며 드러눕는 녀석이긴 하지. 얼마 전에 봤을 땐 아주 무욕해 보이더니, 이젠 슬슬 야망이 생기는 모양이군."

"제 주제는 잘 아는 녀석이야. 너무 잘 알아서 탈이지."

"그래서 장학재단을 맡긴 거 아닌가?"

"크크."

이휘철은 의뭉스런 미소를 지었다. 곽철용은 그런 이휘철의 속을 떠볼 생각을 하는 대신 나직한 소회를 늘어놓았다.

"그런 것치곤 붙을 곳을 택한 모양이 퍽 기묘허이. 그렇다 해서 손주 뻘 되는 아해 곁에 있기로 한 건가. ……흥. 달팽

이는 제 몸이 마르는 것도 모르고 높이 올라가려고만 하지. 꼭대기에서 말라 죽지 않아야 할 텐데."

"설령 그렇게 되더라도 그건 녀석의 선택이고."

"정 없긴."

"이만하면 해 줄 만큼 했지. 뭘 더 바라겠나? 이번에 큼직한 선물도 하나 안겨 줬고."

이휘철의 말에 곽철용은 고개를 저었다.

"어찌 됐건 오늘 밤에 여러 전환점이 만들어진 모양이군. 회사가 계열사 단위로 쪼개질 구실을 줬을 뿐만 아니라……."

"흠."

이어서 곽철용은 손에 든 맥주잔을 싹 비웠다.

"슬슬 노친네 냄새가 옮겠군. 그럼 먼저 돌아간다."

"그래. 종종 보자고."

"흥, 죽지 않으면 또 보겠지."

곽철용은 딱히 작별의 말도 없이, 그저 다른 자리로 옮겨 가는 것처럼 휘적휘적 연회장을 빠져나갔다.

이휘철은 그런 곽철용의 뒷모습을 보며 미소를 지었다.

"저 친구 눈에 들 정도면, 괜찮단 거군."

"성진아, 너희 할아버지…… 아니, 할아버지네 형은 대단한 분이셨구나?"

내겐 매사 틱틱거리기만 할 뿐일 김민정마저도 의외라는 듯한, 그리고 민족주의적 감정에 고양되어 있는 모습이었다.

"What's…… 음, 무슨 내용?"

박세나의 물음에 김민정은 흠칫하며 주위를 둘러보았으나, 애석하게도 박세나의 아버지인 박건형은 그 딸을 우리에게 맡긴 채 남경민이며 이태석과 함께 주위를 돌아다니는 중이었다.

결국 김민정은 떠듬떠듬 대답했다.

"어, 그러니까, 독립운동, 어어, 뭐라고 하더라……. 페트리, Patriot?"

"Patriot?"

"응. 성진이네 할아버지, 그러니까 Grandfather의 Brother께서 일제……. 어휴."

결국 김민정이 두 손을 들어 버리자, 근처에 있던 김민혁이 박세나에게 웃으며 설명해 주었다.

"방금 전 할아버지의 형님이 일제강점기 시절 독립운동을 하셨다는 내용이야."

한국대 출신다운 유창한 영어였다.

김민혁은 원래 전생엔 자사의 해외 진출까지 해냈던 인물이었으니.

"아, 일제강점기. 들어 본 적 있는 것 같아."

"응. 그러니까 한국은 불과 몇십 년 전만 하더라도…….."

한편.

정작 이휘철의 연설이 이어지고 끝난 지금까지, 나는 줄곧 혼란스러웠다.

'전생에는 이런 일이 없었는데?'

이씨 일가가 독립유공자 후손 집안이라고?

아, 그야 물론 관련한 낭설이 떠돈 적은 있었다.

하지만 그건 좀 더 훗날, 이휘철의 사후로부터도 몇 년이나 지나서 한창 친일인명사전이 작성되던 시기에 흘러나온 것이었으나, 진위 여부가 불투명한 내용이었다.

「헛소리군. 나도 처음 듣는 이야긴데?」

더욱이 그런 낭설을 들은 전생의 이성진조차 관련해 코웃음을 쳤을 정도였으니, 이성진 본인도 관련해 이야기를 들은 적은 단 한 번도 없었단 의미였다.

대중의 인식도 '설마' 하는 반응인 데다 관련해서 삼광 측은 긍정도 부정도 하지 않았기에 흐지부지 묻히고 만, 그런 내용이었는데…….

'……그런데 이번엔 이휘철의 입에서 관련 내용이 흘러나왔지.'

진위 여부.

역사에서 잊히고 만 진실의 진위 여부를 가리는 건 당사자의 증언에서 비롯하는 법이다.

이휘철이라는 인물의 됨됨이를 생각해 보면 그가 없는 말을 지어내서 할 사람은 아니었다.

설령 없는 말을 지어낼 필요가 있다 하더라도, 그것이 '진실'이 되게끔 준비를 마친 상태에서 할 사람이기도 하고.

'왜 하필이면 이 시기에?'

그야 조선총독부 건물을 허무네 마네 하는 이 시점에 민족주의적 자극을 기한 거라고 생각하면, 치밀한 한 수였다고 생각할 수 있겠지만.

'그보다 대체 무슨 꿍꿍이지?'

그로 인해 이휘철의 형인 이휘찬은 집안의 가산을 탕진한 망나니에서 비밀리에 독립운동 자금을 대던 독립 유공자로 탈바꿈하고 말았다.

그리고 자연스럽게, 그 이휘찬의 핏줄인 저 무수한 당숙들에게 힘이 실리는 구도가 만들어지게 됐다.

'흐음. 이 시대에는 후계 구도를 정리해 놓겠다는 심산일까.'

전생의 경우, 이휘철의 죽음은 급작스러웠다.

그렇기에 미리 써 놓은 유언장 내용을 바탕으로 그의 외동인 이태석에게 모든 것이 승계되었으나, 그 과정에서 적잖은 진통도 있었다.

결국 이태석은 그가 사장으로 경영하던 삼광전자만을 공고히 한 채로 그룹 내 각 계열사를 그의 사촌들에게 나눠 주게 되었고, 삼광전자가 스마트폰으로 대박을 내며 글로벌 기업으로 도약하기 전까진 '종이호랑이 회장'직을 역임하게 된다.

하지만 그때 가서 경영 체계를 전환하거나 하는 건 때늦은 이야기였고, 결국엔 삼광 그룹의 매출 절반 이상을 책임지는 삼광전자를 소유했단 것 하나만으로 그룹을 이끌어 가야 했다.

'하지만 이휘철이 그런 미래를 알 턱도 없고, 설령 그렇게 된다 하더라도 너무 먼 훗날의 이야기지. 그러니 집안싸움으로 그룹을 분열시킬 바엔 내부 단속이나 하겠단 의미일 수도 있겠어.'

장기적인 관점에선 전혀 나쁜 이야기가 아니었다.

'그룹 내 계열사의 경영권 독립은 사실상 확정 요소라고 봐도 무방하겠군.'

그도 그럴 것이, 여기 모인 승냥이들은 저마다 냄새를 맡은 모양으로 삼광 그룹의 각 계열사를 대표하는 이휘철의 조카들에게 삼삼오오 짝을 지어 모여들고 있었다.

'이건 이휘철이 의도한 바겠지.'

이어서 나는 단상을 내려와 곽철용과 이야기를 주고받는

이휘철을 시야 한구석에 두었다.

'무슨 이야기를 나누는 건지 알 수가 없네.'

멀리서 보기엔 친구끼리 담소를 나누는 것처럼 보일 뿐이지만, 그렇게 단순한 이야기는 아닐 터.

'곽철용이란 영감이 어떤 사람인지조차 모르겠고.'

범상한 인물은 아닐 터인데.

'일단은 지켜볼까.'

이휘철의 연설이 벌써부터 효과를 내고 있었던 모양인지, 홀 내부는 별다른 의미 없는 탐색전의 시간을 지나 저마다의 구실을 손에 쥔 하객들로 인해 보다 '효율적'으로 흘러갔다.

사람들은 저마다의 이득을 좇아 필요한 그룹끼리 뭉쳤고, 어느새 사교장 내부는 각 그룹이 대표하는 분야와 그 필요성에 의해 각각의 구심점이 만들어졌다.

이휘철에게 다가오는 이는 드물었다.

그가 설렁설렁 자리를 지나갈 적이면 '생신 축하드립니다' 하고 형식적이며 예바른 소리가 여기저기서 튀어나오고 간간이 건배 제의가 오기도 했으나.

그들의 관심은 이휘철에게 있지 않았다.

그렇게 되니 오히려 마치 태양 주위를 공전하는 각 행성들처럼 보이기도 했고, 이휘철은 그들 모두의 중심에 위치해 있으면서도 역설적인 고독과 자유로움에 놓였다.

'진즉 이렇게 해 둘 걸 그랬나.'

이휘철은 속으로 고소(苦笑)하며 한편으론 후련함을 느꼈다.

"아버지."

그때, 이태석이 남경민과 박건형을 데리고 왔다.

"음, 태석이냐."

"예. 생신 축하드립니다. 그리고."

이휘철의 발언은 이태석에게도 적잖이 충격적이었을 텐데, 그는 애써 담담한 모습을 유지하고 있었다.

'집에 가면 어째서 이런 일에 아무 상의도 없었냐며 한 소리 듣겠구먼.'

집안의 치부이던 형님이자, 이태석에겐 어릴 적부터 애써 없는 사람 취급해야 했던 백부였으니.

나이 차 많은 사촌들 사이에서 자라며 적잖이 눈치를 보았을 이태석에겐 관련한 이야기를 꺼내지 않은 이휘철을 향한 서운함도 섞여 있을 것이다.

'그럼에도 이런 자리에선 꺼낼 수 없는 화제란 것도 알고 있어. 녀석.'

이휘철의 생각 사이를 비집고 이태석이 말을 이었다.

"소개해 드리겠습니다. 이쪽은……."

이휘철은 가만히, 이태석이 데려온 두 젊은이를 바라보았다.

이휘철을 앞에 둔 그들은 긴장한 기색이 역력하긴 하였으되, 겁을 집어먹진 않았다.

한눈에 보기에도 그 아들인 이태석 못지않게 총명하고 전도유망한 젊은이들로 보였다.

「아아, 네가 더 일찍 태어났더라면 벼슬에 올라 사람을 모아 힘을 키우고, 이를 바탕으로 진심을 다해 나라를 강병하게 했을 것인데.」

문득 떠오른 어떤 생각을 무시하며, 이휘철은 고개를 끄덕였다.

"반갑소. 먼 걸음 해 주셨구려."

이어서 이휘철은 이태석을 보았다.

"퀄컴과 성진이의 회사 사람이라. 나도 소개해 줄 사람들이 있으니 자리를 옮기자꾸나."

"예, 아버지."

그리고 발길을 옮기던 이휘철은 잠시 발걸음을 멈추고 홀 중앙에 비치된, 얼음으로 조각된 학을 쳐다보았다.

'......백로.'

눈이 많이 내린, 어느 겨울이었다.

보수가 되지 않은 기와 아래, 대청마루. 이휘찬은 그곳에 앉아 있었다.

신식으로 짧게 친 머리에 두툼한 한텐(半纏 : 일본식 겉옷)을 걸친 이휘찬은 눈 밑이 검고 볼이 핼쑥하여 그 병색이 완연해 보였으나.

마당을 바라보는 그의 두 눈은 병색이 완연한 환자의 얼굴과 달리, 형형하게 빛나며 그 동공에 비친 새하얀 눈을 반사하고 있었다.

이휘찬은 마치 동상처럼 그 자리에 가만히 앉아, 마당에 소복소복 쌓여 가는 눈을 바라보고 있었다.

유학 도중 잠시 짬을 내어 집에 와 있던 이휘철은 그런 이휘찬의 등을 가만히 지켜보다가 그에게 성큼걸음으로 다가갔다.

"형님, 바람이 찹니다."

천천히 고개를 돌린 이휘찬이 빙긋, 어딘가 덧없어 보이는 미소를 머금었다.

"아. 철이냐."

이휘찬이 태우던 담배 한 개비가 손가락 사이에서 하얀 재를 길게 키우며 연기로 화해 사라지다가, 그 움직임에 툭하고 끊어져 재떨이 위로 떨어져 내렸다.

"……더군다나 의원 말이 담배는 폐병에 해롭다고 하지 않았습니까."

이휘찬은 하하, 웃으면서 얼마 남지 않은 담배를 재떨이에 비벼 껐다.

"이거 원, 잔소리쟁이가 집에 있으니 맘 편히 담배도 못 태우겠구나."

"……."

"그보다, 저길 좀 봐라."

이휘철은 이휘찬이 힘겹게 들어 올린 손끝을 따라 시선을 옮겼다.

이휘찬의 손가락 끝은 그저, 아무것도 없이 텅 빈 마당만을 가리킬 뿐이어서.

"어딜 말씀입니까?"

이휘철의 어리둥절한 물음에 이휘찬은 껄껄 웃었다.

"어딜 보느냐, 철아. 넌 이번에도 내 손가락 끄트머리를 보는 게냐?"

"……."

"저기에 백로(白鷺)가 있다."

"백로……."

"그래, 백로다. 백로 한 마리가 먼 산을 쳐다보고 있구나."

그럴 리가.

이휘찬은 인상을 구겼다.

"……형님, 저긴 아무것도 없습니다. 텅 빈 마당에 백설이 쌓여 있을 뿐이죠. 이제는 헛것이 보이기라도 하는 겁니까?"

"허허, 녀석."

이휘찬이 고개를 저었다.

"네 요청이었다곤 하나, 어째 신학문만 익히게 했더니 운치가 없구나."

"……이 집안에 저 한 사람만이라도 현실을 볼 줄 알아야 하니까요."

"현실이라……."

"예. 현실, 현재, 지금, 이 순간 말입니다."

"……."

"왕마저 꼭두각시가 된 세상에 대대로 물려받은 전답마저 모조리 팔아치우고, 이제 남은 하인도 없어 형수님이 직접 쌀독을 푸는 지금 말입니다."

"……철아, 목소리가 높다. 점잖지 못하게."

이휘철은 딱히 이휘찬의 말 때문만은 아니었지만, 그 스스로 자중하듯 어조를 누그러뜨렸다.

"냉수 먹고 이 쑤시던 양반님네들 시대는 지났습니다. 그러니 형님, 지금이라도 사업을 벌여 집안을 다시 일으켜야 하지 않겠습니까."

"너다운 말이구나."

이휘찬이 웃었다.

"그래, 앞으로는 너 같은 사람이 새 시대를 끌어 나가게 될지도 모르지. 나는 구시대의 잔재에 불과한 것이고."

"……."

"철아."

"……예, 형님."

"나는 실패하고 말았다."

이휘철은 그 말에 무어라 욱하여 받아치려 하다가, 문득 이휘찬의 그 얼굴에 어린 회한을 읽어 내곤 벌렸던 입을 다물었다.

"……나는."

이휘찬이 나직이 입을 뗐다.

"이렇듯 병을 얻을 지경이 되도록 수신(修身)을 하지 못하였고, 앞만 보느라 제가(齊家)하지 못하였으니 치국(治國)이 어수선한 가운데 천하(天下)가 평(平)할 리 없는 것을 보지 못하였다."

"……."

"아아, 네가 더 일찍 태어났더라면 벼슬에 올라 사람을 모아 힘을 키우고, 이를 바탕으로 진심을 다해 나라를 강병하게 했을 것인데."

이휘찬이 고개를 떨어트렸고, 이휘철은 주먹을 꾹 쥐었다.

"물론이지요. 맞습니다. 지나간 일을 후회할 뿐이라면, 응당 실패한 인생이라고 평해도 지나침이 없겠지요. 망국의 한만을 읊조리는 형님과는 다를 겁니다."

"……."

"그러니 형님께선 거기 앉아 눈에 보이지 않는 백로나 쫓으십시오. 저는 오늘이라도 배편을 내서 일본으로 돌아가겠습니다."

이휘철은 쿵쿵 발소리를 내며 자리를 떠나 버렸고, 이휘찬은 그런 이휘철의 뒷모습을 보다가 다시 고개를 돌려 빈 마당을 쳐다보았다.

그것이 이휘철이 본 이휘찬의 생전 마지막 모습이었다.

이휘철이 쓴웃음을 지으며 고개를 저었다.

"얼음으로 된 학 따윈 녹기 마련이지."

"무슨 말씀이십니까?"

이태석의 물음에 이휘철은 미소를 머금었다.

"아무것도 아니다. 가자."

이럭저럭 구도가 잡혀 가는 가운데, 나는 바쁜 사모로부터 이희진을 양도받아 그녀를 보행기에 태우고 홀 여기저기를 쏘다니게 되었다.

보행기를 타고 사람 사이를 누비며 한동안 '까르륵' 웃던 이희진은 어느새 졸린 눈을 힘겹게 끔뻑이며 색색 졸아 댔다.

그런 상황이니 집안 친척들을 만나 얼굴도장을 찍고 돌아다닌다는 내 임무도 소강상태에 접어들었다.

잠이 든 아기를 깨우려는 사람은 이 세상에 존재하지 않으므로.

'달갑기도 하고, 거추장스럽기도 하고.'

그러잖아도 박세나며 김민정 등 어린이들을 대동하고 다니다 보니—그나마 김민혁이 붙어 있어 주었지만—사람들은 여간해선 먼발치에서나 우리를 지켜볼 뿐 섣불리 말을 걸어오진 않았고, 또 그들도 이번에 새로이 재편될 듯한 계열사에 얼굴도장을 찍느라 바빴다.

'내가 SJ컴퍼니의 실질적인 오너라는 건 극소수만 알고 있는 모양이군.'

더욱이 상장 예정도 없고, 그나마 관련해 꿰고 있을 사람들도 삼광전자가 유통을 목적으로 설립한 자회사 정도로만 인식하고 있을 테니까.

'그나마 소속 배우인 윤아름이 이슈가 되어 주곤 있지만, 거긴 왠지 바른손레코드 소속이라는 인식이 강하고.'

언젠가는 내게도 한 다리 걸치려는 사람이 한둘쯤 다가올 때도 있겠지.

"야, 이성진."

나는 고개를 돌려 김민정을 보았다.

"왜?"

"너도 세나랑 펜팔할래?"

"……펜팔?"

내가 나설 것도 없이 대화는 거기까지 진행된 모양이다.

그러고 보니 이 시대엔 아직 그런 것이 유행하고 있었다.

"응. 지금은 잠시 아빠 따라 한국에 와 있는 거고, 원래는 미국에서 산대. 나도 생각해 보니까 세나랑 '맺음이'로 연락을 주고받으면 될 거 같아서. 어때?"

하긴, 맺음이는 월드와이드웹(www) 기반이니 가능하긴 하겠다.

"뭐, 그러든가. 인터넷은 할 줄 안대?"

"응. 근데, 이성진. 선아 언니네 아빠도 미국에 계시지 않아?"

"그렇지. 그건 왜?"

"선아 언니도 매번 국제전화를 하는 것보다 맺음이를 쓰는 게 더 낫지 않을까 싶어서."

"……흠."

슬슬 국산 SNS의 해외 진출을 고려해 볼 때인가.

그때 김민정 곁에 서 있던 박세나가 내게 물었다.

"MEZE Me? What' mean?"

"……."

언어 구조상의 시니피앙으론 그렇게 들릴 수도 있겠군.

좀 더 직관적이고 글로벌한 작명을 염두에 두었어야 했

나.

김민혁이 픽 웃으며 내게 말을 건넸다.

"그러고 보니 왠지 '맺음이'가 해외에서는 더 잘 먹힐 거 같지 않아? 거기는 우리보다 땅덩이도 넓고, 또 월드와이드 웹 기반의 브라우저가 강세이니까."

"저도 그럴 거라고 생각해요. 이참에 기회를 봐서 다국적 언어 인터페이스를 구상해 볼까 싶기도 하고……. 이참에 해외 법인 설립도 생각해 보는 건 어때요?"

"음…… 갑자기 스케일이 커지는걸. 생각해 보니 그거, 자본금 설정도 해야 하잖아. 액수를 얼마로 잡아야 할지도 결정해야 할 테고."

"흐음."

그러고 있으려니 내 재종인 이남진이 슬그머니 다가왔다.

"안녕."

"어서 오세요, 형."

"응. 민혁이랑 민정이도 안녕. 그리고……."

"Hi, I'm 세나."

"……영어?"

간단히 인사를 주고받은 뒤, 곤히 잠든 이희진이 깨지 않도록 일부러 목소리를 낮춘 이남진은 공연히 투덜거렸다.

"이거 한 공간에 있으면서도 인사 한 번 나누기가 힘드네."

"그러게요. 당숙께서는요?"

"아버지는 뭐."

이남준은 멀찍이서 사람들 사이에 둘러싸여 담소 중인 이태준을 힐끗 쳐다보았다.

"웬일인지 바쁘시네. 아무래도 급식 관련해서는 우리 장학재단을 끼고 있다 보니까 이래저래 관계자들이 말을 걸어오는 모양이야."

이남진이 어깨를 으쓱였다.

"반면에 나야 뭐 내가 아는 얼굴이라곤 너희들뿐이라서. 솔직히 말해 내 짬에 어르신들 이야기하는 데 끼는 것도 애매하고, 겸사겸사 도망쳐 왔지."

전생과 현생을 통틀어 여간해선 이런 자리에 모습을 드러내지 않던 이태준이었으니, 그 아들인 이남진도 이런 자리가 영 어색하긴 마찬가지였던 모양이다.

"아, 그래. 고모님이 성진이 너에 대해 꼬치꼬치 캐물으시던데."

이남진의 고모라고 하면, 내겐 당고모가 되는 이미라다.

"저를요?"

"응. 아무래도 급식 이야기를 처음 꺼낸 건 너였고, 또 너도 알다시피 급식이 국책사업으로 발전할 여지도 충분하다 보니까."

이남진이 손에 든 맥주 잔을 홀짝였다.

"이쯤해서 우리 재단이 움직여야 하지 않겠느냔 이야기도 나오고 있어. 너도 알다시피 급식이 국책이 되고 나면 그룹 차원에서 움직이기는 조금 껄끄럽지 않겠냐. 구실만 놓고 보자면 담합이니 일감 몰아주기니 하는 이야기가 나오기 일쑤일 테니. 그래서 간접적인 방식으로 사업 확장을 고려하는 중인데⋯⋯."

나는 고개를 끄덕였다.

"SJ 측에서 무언가 관련해 개입해 볼 생각은 없는지 여쭙던가요?"

"맞아. SJ컴퍼니는 삼광전자의 자회사이긴 하지만 형식상 경영권은 독립되어 있고."

"흠."

어느 정도 노림수가 있긴 했지만, 이 정도면 예상한 것 이상의 수확이다.

"신화식품과 협업이라."

김민혁이 중얼거렸다.

"나쁘지 않은 이야기 아니야?"

나는 고개를 끄덕였다.

"하지만 식품 사업은 말 그대로 노하우 없인 경영하기 힘들죠. 기반이 탄탄해야 함은 물론이고, 그에 따른 규제도 많으니까요."

이남진은 남은 맥주를 마저 들이켠 뒤, 손에 든 잔을 손가락 사이에 끼웠다.

"다만 아직은 어디까지나 가능성의 이야기고, 나머진 제대로 된 협의가 이루어져야 알 수 있는 일이지."

"그건 그래요."

이남진에게 전해 들은 정보를 토대로 생각해 보면 이미라는 본격적인 사업 확장을 위한 구실을 찾는 모양이었다.

'거기에 나를 끼워 명분과 실리를 모두 챙겨 보겠단 의미겠지.'

때맞춰 나는 이미라가 우리에게 다가오는 걸 보았다.

'이남진을 미리 보내 두고 미끼를 던진 거로군.'

어떤 이야기든 간에 간접적으로 해당 정보를 듣고 나면 관련 사안에 대해 긍정적으로 검토할 여지가 늘어나는 법이니까.

사소한 일 하나에도 최소한의 안배를 깔아 두는 이미라다운 모습이었다.

'그만큼 이 집안사람들이 호락호락하지 않다는 의미이기도 하지만.'

이미라는 품위 있는 태도로 다가와 잠이 든 이희진을 슬쩍 보곤 미소를 머금었다.

"희진이는 이런 곳에서 잘도 자네."

사담으로 화두를 던진 이미라가 계산적인 뜸을 들인 뒤 말을 이었다.

"남진이 이야기를 들어 보니까 SJ컴퍼니가 벌이는 사업 규모가 제법 큰 모양이더구나."

"별거 아니에요. 이것저것 기웃거려 보는 것뿐이죠."

일부러 겸양을 표하며 발을 내빼자 이미라가 웃었다.

"그런 것치곤 가볍게 찔러나 보는 건 아닌 모양인데? 오늘만 하더라도……."

그러면서 이미라의 시선은 슬쩍, 홀 저편에 급조한 라이브 키친을 쳐다보았다.

즉석에서 요리를 만들어 대접한다는 기획은 이 시대에 제법 잘 먹혀 들어가고 있었다. 이런저런 사업 논의로 바쁜 주객들을 제외한 하객들은 줄을 서거나 무리를 지어 요리사들의 즉석요리를 기다리는 중이었다.

이때만 하더라도, 요리사란 접객과 분리된 존재라는 인식이 강했다.

이번 라이브 키친은 이 시대에 팽배해 있던 개념적 패러다임에 균열을 가했고, 시험 무대로는 성공적이었다.

이미라는 관련해서 호텔 내부의 계륵 같은 존재이던 뷔페 식당에도 손을 볼 모양인지, 그 시선 속에는 기묘한 열망이 피어올라 있었다.

이윽고 다시 고개를 돌린 이미라의 눈빛은 평소의 속내를 종잡을 수 없는 표정으로 다시 돌아왔다.

"……네가 제안한 라이브 키친 기획이 호평이기도 하고."

"제가 한 게 뭐 있나요. 모두 당고모님께서 추진하신 일인걸요."

"후후."

이미라는 미소로 내 말을 받았다.

"내게로 네 공을 돌리겠다는 거니?"

"그렇게 건방진 생각을 할 리가요."

"농담은."

이미라가 손에 든 샴페인을 홀짝였다. 대화의 틈에 구실을 던지며 머릿속의 생각을 정리하는 그녀의 스킬이겠지.

이미라가 천천히 입을 뗐다.

"조금 이른 이야기인 걸지도 모르겠는데. 성진이만 괜찮다면 나하고 사업이나 해 보지 않겠니?"

"사업이라 하심은, 호텔인가요?"

"호텔도 포함해서. 마침 너에게는 그럴 의지며 능력이 있어 보이더구나."

이미라가 손에 든 샴페인 잔을 흔들었다. 내게는 대화 틈틈이 움직이는 그녀의 손짓 하나 하나가 대화를 반주하며 주도해 가려는 지휘자의 몸놀림으로 보였다.

"제주도에 있는 분점이 해외 관광객들에게 제법 호평을 받고 있거든. 이제 신화호텔의 브랜드를 국내뿐만 아니라 외국에도 시선을 옮겨 볼까 하는 차야."

"그렇군요."

"거기에 너 같은 젊은이의 사고방식이 어떤 변화를 불러일으킬지 궁금하기도 하고."

이미라는 그녀 스스로 '젊은이' 운운한 대상이 지나치게 어리다는 것이 우스웠던지, 웃고는 있었지만.

"그러려면 우선 자회사의 사업 구조를 개편할 필요가 있단다. 그러니 성진이 너만 괜찮다면 지분을 나눠서 식품 유통 업체를 하나 마련해 보면 어떨까?"

이미라는 계속해서 '성진이만 괜찮다면' 하며 사족을 더하고 있었는데, 말을 이어 붙이며 나를 대하는 태도는 '어린이'가 아닌, 사업 파트너에 가까운 것이었다.

'보통은 애를 상대로 지분이니 사업 구조 개편이니 하는 이야기가 나올 턱이 없으니까.'

슬하에 자식이 없어서 나 같은 어린이를 어떻게 대해야 할지 감을 잡지 못한 걸 수도 있지만.

'……그녀 나름의 시험 무대를 마련해 보자는 거로군.'

어쨌든 나는 선입견 없이 나를 대하는 이미라의 태도가 기꺼웠다.

"신화호텔과 협업이라니, 저에게 무척이나 좋은 조건인걸요?"

"후후, 오히려 내 쪽이 더 좋은 조건이지. 나로선 핏줄을 앞세워 전도유망한 젊은이에게 투자할 수 있는 영광을 먼저 누리고 싶구나."

이미라가 말을 이었다.

"그러니 나도 괜한 고집을 피울 생각은 전혀 없단다. 네가 태석이랑 하는 것처럼 채권을 대가로 지분을 양도해도 좋고."

거기까지 파악하고 있는 걸 보니, 더 이상 숨기거나 내뺄 필요가 없다는 결론에 이르렀다.

나는 이미라에게 손을 내밀었다.

"네, 자세한 협의는 변호사를 공증인으로 내세워 진행해 보죠."

이미라는 눈을 동그랗게 뜨더니, 눈웃음을 지으며 내 손을 맞잡았다.

'……이거 잘만 하면 신화호텔을 내 것으로 만들 수도 있겠는걸.'

그때, 나는 문득 나를 향한 외부의 시선을 눈치챘다.

'……뭐지?'

그건 이 자리 내내 있었던, 호기심과 애정이 뒤섞인 것과는 다소 다른.

나는 슬쩍 시선을 옆으로 돌렸다.

거기엔 아까 전, 스치듯 만났던 내 재종 이진영이 제 또래들과 모여 이야기를 나누는 중이었다.

'흠.'

왠지, 머지않아 또 한 번 만날지도 모르겠군.

해가 어스름할 즈음 도착했다가, 9시를 넘어갈 즈음이 되자, 피곤하다며 자리를 뜬 이휘철의 퇴장 이후 적당히 파하는 분위기로 흘러갔다.

이후엔 이태석을 비롯한 날고 긴다 하는 인물들이 지하의 호텔 바에 모여 '비공식적인' 회담을 이어 가겠지만, 아무리 나라도 거기까지 기웃거릴 수는 없는 노릇이었다.

'그래도 성과는 있었어.'

퀄컴과의 접선은 성공적이었고, 뒤이어 나온 이야기에서 이태석은 주문형 반도체 생산에 퍽 긍정적인 반응을 보였다며, 남경민이 내게 귀띔을 해 주었다.

'더욱이 이미라와 사업을 전제로 이야기를 나누기도 했고.'

원래라면 그녀의 조카인 허상윤에게 돌아갈 신화식품도 잘만 하면 내 손에 둘 수 있을지도 모른다.

'그렇게 된다면, 96년에야 출시될 즉석밥을 조금 일찍 만들어 볼 수도 있지.'

그러잖아도 급식 건으로 신화식품과 계약을 맺은 터이니, 개입할 여지를 만들기도 더 쉬워진 판국이었다.

'삼광 그룹의 앞날에 여러 가지 전환점을 만든 하루였군.'

이로써 사실상 그룹 내 계열사의 경영권 독립은 기정사실화되리라는 걸 어렵지 않게 짐작할 수 있었다.

'다만.'

나는 머릿속에 떠오르는 인물 하나를 떠올렸다.

이진영.

그 녀석이 나를 보는 눈빛이 변했다.

원래라면 사교적인 가면을 쓰고서 선을 긋듯 이성진을 대하던 이진영이나, 오늘 그 일이 있고 나서부턴 유독 눈이 자주 마주치는 기분이었다.

'일단은 기억해 두고.'

고개를 주억거리고 있으려니, 나와 함께 승용차 뒷좌석에 탄 사모가 잠이 든 이희진을 어르며 나를 보았다.

"무슨 생각을 그렇게 골똘히 하니?"

"예? 아뇨, 아무것도 아닙니다."

"아니긴, 오늘 꼬신 여자애 생각하는 거지? 이름이 세나였나."

"……."

헛다리를 짚어도 너무 짚으셨군.

비슷한 또래여서 그랬는지는 몰라도, 박세나와 김민정은 그 자리에서 의기투합했다.

"어휴, 우리 성진이가 바람둥이가 될까 봐 이 엄마는 걱정이야. 민정이는 걱정이 많겠네."

그런 것치곤 사모는 나를 놀리듯 방글방글 웃고 있었다.

'이 아줌마는 진짜.'

나는 한숨을 내쉬며 창밖으로 고개를 돌렸다.

94년 서울의 야경은 이 뒤로도 모든 것이 잘 풀려 나갈 것처럼 찬란하게 빛나고 있었다.

2장

정원에 서 있는 내 코끝에 차가운 바람이 스치고 지나갔
다.

계절의 변화란 점진적이지 않고, 어느 시기가 오면 기다렸
다는 듯 갑작스레 변화하곤 했다.

가을도 지나 어느새 겨울이 성큼 다가온 것처럼 느껴지는
11월, 나무에 맺힌 잎사귀가 푸른색을 잃고 적, 갈, 황의 색
으로 변하며 하나둘 메말라 떨어졌다.

그런 것과 달리 국내 종합주가지수는 최고점을 찍었고, 모
든 것이 잘 풀려 나가는 것만 같은 대한민국 황금기의 정점
에서 나는 그 끝물을 짐작하고 있었다.

그사이, 나는 한성진을 비롯한 여느 국민학생과는 달리 바

쁜 나날을 보냈다.

'하긴, 내 입장은 일반적인 국민학생의 범주에 두고 생각하기 어렵지.'

이휘철의 생일 파티가 있고 난 뒤 퀄컴은 삼광전자와 주문형 반도체 생산에 관한 라이센스 계약을 맺었고, SJ컴퍼니는 그 사이에 끼어 중개자 역할을 자처함으로써 적잖은 반사이익을 노렸다.

이는 타이컴 프로젝트의 실패 이후 ETRI와 협력함에 소극적이었던 삼광 그룹 주주들을 대신해 틈새를 비집고 들어갔던 전략이 유효하게 적용되었다.

'아직은 주당 가격이 낮게 책정되어 있던 퀄컴의 주식을 긁어모은 것도 한몫했지.'

한편, 이휘철의 생일 때 있었던 그의 발언—이씨 일가가 독립유공자의 집안이라는—은 한동안 적잖은 파장을 불러일으켰고, 일각에서는 이휘철이 정계에 진출하려는 것이 아니냐는 헛소문까지 나돌았다.

'이휘철이 정치를 할 리가.'

어디에선가는 이휘철이 발언한 내용의 진위 여부를 두고 가타부타 말이 많았으나, 관련해서 허투루 일을 처리할 이휘철이 아니었다.

이휘철의 형인 이휘찬은 실제로 독립운동을 비밀리에 후원하던 몇몇 단체와 연줄이 닿아 있었고, 이휘찬의 자금 일부는 해당 단체를 통해 만주로 흘러 들어갔다는 여러 정황 근거가 나왔다.

이로써 어느 정치 세력을 배후로 두고 있던 견제 겸 음해 세력은 언제 떠들었냐는 듯 쏙 들어가 버렸고, '경영 부문에서 일본과 지나치리만큼 협력적이다'던 삼광 그룹의 대외적 이미지는 이를 계기로 반등했다.

그리고 나는 당고모인 신화호텔 오너 이미라와 조금 자주 만나게 되었다.

이휘철의 생일 때 만난 이후 이미라는 이런저런 구실을 대가며 내가 있는 본가에 자주 방문을 했는데, 미래에도 이희진에게 신화호텔의 경영권을 물려준 것으로 보아, 그녀 역시 허씨 집안의 경영 능력에 관해선 의혹이 있었던 듯했다.

'당시만 하더라도 이태석이 가진 지분의 입김이 있었던 거라고 여겼는데, 딱히 그런 것도 아니었나 보군.'

거기서 나는 잘만 한다면 신화호텔의 경영권을 손쉽게 먹어 치울 수 있겠단 생각을 했다.

나는 이후 이미라와 연이 닿은 김에 종종 그녀의 사무실에도 들르게 되었다.

이미라의 사무실은 신화호텔 지하, 접객과는 전혀 관련이 없어 보이는 관계자 외 출입금지 구역에 자리 잡고 있었다.

호텔의 화려함과 대조적으로, 직원 전용 복도 겸 통로는 청결한 크림색 벽 아래 먼지 하나 없는 리놀륨 바닥이 깔려 있었는데, 이미라가 나를 안내하는 사이에도 접객원들은 바쁘게 복도를 오가고 있었다.

이미라는 복도 한편에 비켜서며 캐리어를 끌고 가는 부하 직원의 묵례를 받았다.

"어수선하지?"

이미라의 말에 나는 고개를 저었다.

"아뇨. 군더더기 없이 깔끔한걸요."

내 대답이 마음에 들었는지, 이미라는 짧게 고개를 끄덕였다.

"다들 호텔이라고 하면 화려한 것만 있을 거라고 상상하지만, 사실 딱히 그렇지만도 않지."

국내 최고의 5성급 호텔이라고 일컬어지는 신화호텔의 이면에는 갈퀴질하는 백조들처럼 임직원 일동의 땀과 열정이 배여 있었다."

"그래도 다들 열정과 자부심이 넘쳐 보여요."

"고맙구나."

딱히 빈말은 아니었다.

이미라도 그런 내 말에 담긴 저의를 읽어 냈는지, 앞장서며 슬쩍 미소 띤 얼굴을 보였다.

"접객업이라고 하는 건 결국 그 이면에서 임직원들의 희생과 노력이 있어야 돌아가는 거란다. 사업이라고만 생각해선 이 일을 오래할 수 없지."

"접객업이란 종업원 개개인의 주인 의식이 중요하단 말씀이군요."

"······네 아버지나 할아버지는 이런 정신론을 그다지 좋아하진 않지만, 그런 셈이지. 사람을 대하는 일이란 결국 정신론으로 결부될 수밖에 없고."

이어서, 이미라는 복도에 붙어 있는 특색 없는 문 앞에 섰다.

문 옆에 붙어 있는 명패에는 '대표이사 이미라'가 적혀 있었다.

"여기가 내 사무실이야."

이미라의 개인 사무실은 사무용 데스크며 컴퓨터가 놓여 있을 뿐인 단출한 곳이었다.

잠시 방문 앞에 대기하고 서 있던 이미라는 조금 머쓱하기라도 한 양 괜한 말을 덧붙이며 방 안으로 발걸음을 옮겼다.

"외부 회의는 좀 더 화려한 곳에서 하지만, 대부분은 여기서 지내지. 자, 앉으렴."

나는 이미라의 맞은편에 놓인 의자에 앉았다.

내가 엉덩이를 붙이자마자 이미라가 입을 열었다.

"얼마 전 숙부님의 생신 때 네가 말했던 아이디어를 호텔에 적용해 보았단다.”

“라이브 키친 말씀인가요?”

이미라가 고개를 끄덕였다.

“그래. 그게 고객들에게 예상한 것 이상의 호평을 이끌어
내더구나.”

관련해서 어느 신문의 문화면을 읽은 기억이 났다.

그때 내게서 아이디어를 얻어 간 이미라는 신화호텔의 지
지부진하던 뷔페 운영에 이를 적용, 일대 혁신을 불러왔다.

관련해서 여성 잡지 등이 인터뷰를 따 갈 정도였고, 경쟁
업체에서도 해당 노하우를 그들의 사업체에 적용하려는 모
습을 보인다고.

“잘됐네요.”

“응. 그래서 호텔 뷔페식당은 한동안 예약이 밀려 있을 정
도니까. 성진이 네 덕분이야.”

계륵 같은 면모가 있던 호텔 뷔페가 흑자 전환을 이끌어
냈으니 이미라는 적잖이 만족하는 기색이었다.

‘뭐, 흑자 전환이라곤 해도 그 자체가 큰 돈벌이는 되지
않지만.’

사실 파인 다이닝 등의 고급 식당은 생각보다 돈이 되질
않는다.

다만 이번 뷔페식당 개혁으로 간접적이나마 신화호텔의
브랜드 이미지에 긍정적인 신호를 던져 준 것이 장기적으로

는 큰 호재로 적용될 것도 엄연한 사실.

'그렇다곤 해도 눈앞에서 칭찬을 해 대니 낯간지럽군.'

나는 이미라의 노골적인 칭찬이 어색해져 겸양을 표했다.

"연말이니까 그렇겠죠?"

"겸손은. 작년과 재작년 호텔 매출을 보여 주며 반박해 주고 싶지만……."

이미라는 나를 물끄러미 쳐다보다가 픽하고 웃었다.

"그래. 정 그렇다면야 그런 것으로 하자꾸나."

쿨하네.

뒤이어 이미라가 팔짱을 끼며 말을 이었다.

"저번에 신화호텔의 해외 진출을 고려 중이라는 이야기를 했지?"

본론이군.

나는 고개를 끄덕였다.

"네, 할아버지 생신 때 들었죠."

"그래. 마침 해외 관광이 활황을 맞고 있는 시기고."

얼마 전 1994년 여름 휴가철은 대한민국 역사에서 여행사의 경기가 가장 활황이던 시기이기도 했다.

다만, 이미라의 발언은 현재진행형을 염두에 두고서 한 말이었는데.

이미라가 말을 이었다.

"그래서, 내 생각엔 태국이 어떨까 싶어."

아, 태국.

나는 이미라의 말에서 당혹감을 감추기 위해 적잖은 노력을 가해야 했다.

'하필이면 태국인가. 아니, 하필이면이 아니라, 이 시기엔 응당 합리적인 생각이지.'

1997 아시아 금융 위기의 폐해는 대한민국에만 국한한 것이 아니었다.

아니, 사실상 그 시발점은 태국을 비롯한 동남아 등지에서 시작되었는데, 그즈음 태국은 고정환율제와 역외 금융시장을 통한 바트화 매도로 단기 외채 시장의 메카라 불리는 곳이었다.

'그러니 해외 진출의 첫 타자로 태국을 주시한 것도 어떤 의미에선 옳아.'

태국은 외국자본의 유입을 통해 주식 및 부동산 시장에 대규모 버블을 불러일으켰고, 당시 한국 금융권 또한 이 노다지판에 끼어들었다.

여기에 대한민국의 황금기와 당시의 낮은 금리에 맞물리며 '빚도 자산이다'라는 신조로 각 기업은 은행에 대규모 대출을 신청했으며, 은행은 해당 채권을 통해 바트화 매도 열풍에 몸을 실었다.

하지만 이는 태국으로선 달갑지 않은 일이었다.

해외 자본을 통한 과잉 투자와 버블 속에서 태국은 결국

1997년, 경기 부양 정책으로 고정환율제를 포기하게 된다.

하지만 이는 장대한 헛발질이 되고 말았는데, 결과적으론 해외 큰손들의 바트화 공매도를 이기지 못하고 경제가 폭삭 주저앉게 된다.

그러니 사실상 태국은 IMF 즈음해서 가장 먼저 직격탄을 맞은 곳이라고 할 수 있었다.

이후 여파는 동남아시아 일대를 휩쓸고 홍콩의 증시 폭락, 해외 금융 기업 단위의 자본 회수로 이어지며 아시아 전체에 타격을 가했다.

상황이 그렇다 보니 태국엔 내가 살던 시대까지도 그 짓다 만 호텔 건물이 도시 한가운데 흉물처럼 서서 전 세계 폐허 마니아들의 기쁨이 되어 주고 있었다.

'하지만 그런 예언적인 이야기를 남들 앞에서 할 수는 없는 노릇이고.'

전생에도 아마, 이미라는 신화호텔의 태국 진출을 염두에 두고 있었을 것이다.

'그러나 전생엔 그녀가 내부 단속을 마치고 태국에 눈을 돌릴 즈음 IMF라는 폭탄이 터지며 무산되었던 일이겠지.'

하지만 이번 생엔 이휘철의 폭탄 발언 이후 어느 정도 내부 경영권 승계 문제가 자리 잡히고 나니, 다른 생각이 든 모양이었다.

'그게 아니면, 나라고 하는 존재 때문일까.'

내가 말하긴 뭣하지만, 기존 계승 후보자이던 허상윤 따위보단 내가 더 믿음직하니까.

이참에 이미라는 나를 통해 신화호텔을 세계 무대에 데뷔시키려고 하는 걸지도 모른다.

'그 자체는 반가운 일이지만, 내가 알고 있던 미래가 발목을 붙잡는군. 그렇다면…….'

마침 적당한 구실도, 여기 오기 전 미리 생각해 둔 바도 있었다.

나는 관련한 내용을 언급하는 대신, 이미라의 경영 전략에 에둘러 딴죽을 걸었다.

"당분간은 내실을 다지는 게 어떨까요?"

"내실?"

의아해하는 이미라를 향해, 나는 고개를 끄덕였다.

"예. 마침 저랑 일을 함께하시려고 마음먹은 일은 급식 사업이 계기가 되었던 거잖아요? 그러니 우선은 국내의 유통 환경에 집중하면서 내실을 다져 두는 데 우선해야 한다고 봅니다."

이미라는 내 말을 경청하는 태도를 취하며, 한편으론 그 속내를 읽기 힘든 오묘한 미소로 일관하고 있었다.

'국민학생이 할 만한 말이 아니라는 생각일까, 아니면…….'

나는 그런 이미라의 안색을 살피며 말을 이었다.

"게다가 남들도 다 아는 활황이라는 건, 결국 그게 전부란 이야기가 아닐까요?"

일부러 궁색한 이야기를 늘어놓으니 이미라가 슬쩍 내 말을 받았다.

"무슨 이야기인지는 알아."

"그런가요?"

"다만 나는……."

이미라는 예의 오묘한 미소로 말을 이어 가려다가 입을 한 번 다물곤 되물었다.

내 말을 듣고 곰곰이 생각에 잠겨 있던 이미라가 가벼운 한숨과 함께 고개를 저었다.

"숙부님이 말씀하신 것과 같은 맥락이구나."

거기서 나는 전생, 신화호텔의 태국 진출이 무산되었던 것에 이휘철의 개입이 있었음을 깨달았다.

'이휘철의 존재가 삼광 그룹의 건재함을 이끌고 있었어.'

밥상머리 교육에서 주지하듯, 이휘철은 현재의 황금기를 탐탁지 않게 보고 있었다.

그는 언제고 이 거품이 꺼질 것이며, 그 여파는 두고두고 대한민국의 경제에 크고 깊은 상처를 남길 것이라 호언장담 했으니.

나는 질겁했으나, 이를 내색하지 않으며 딴청을 피웠다.

"아, 저도 할아버지께 그런 말씀을 들은 기억이 나요."

"······하긴, 너는 숙부님이랑 한 지붕 아래서 살고 있으니까."

그녀의 아버지인 이휘찬의 사후와 광복 이후, 집안의 생계를 책임지던 이휘철 아래서 유년기를 보냈던 이미라는 그리움과 떨떠름함이 반반쯤 섞인 표정을 지었다.

"대단하신 분이지. 거의 항상 옳은 말씀만 하시고."

"네."

"하필이면 식사 자리에서 그런 말씀을 하시니 소화는 잘 안되지만. 그때 얻은 위장병이 아직도 나를 괴롭히고 있단다."

이미라는 웃는 얼굴로 말했지만 농담인지 진담인지 분간이 되질 않았다.

'······아마 일부는 진실일걸.'

이어서 이미라가 고개를 끄덕였다.

"네 말도 옳아. 좋아, 그러면 성진이가 생각하는 내실을 다진다는 것이 '구체적으로' 어떤 건지, 한번 들어 볼까?"

이런 식으로 상대를 평가하는 건, 이 집안의 가풍인가.

그렇다곤 해도.

이미라가 미끼를 물었다.

나는 잠시 생각하는 척을 하다가 대답했다.

"아까 전, 당고모님께선 호텔 접객업이란 종업원 개개인의 주인 의식이 중요하단 취지의 말씀을 하셨죠? 그 이면에서 임직원들의 희생과 노력이 있어야 돌아가는 것이라고요."

내 말에 이미라는 가만히 고개를 끄덕였다.

"맞아. 하지만 그건 비단 서비스업뿐만이 아니라 어느 분야건 마찬가지 아니니?"

말은 그렇게 했지만, 이미라는 자신의 말을 기억하고 곧장 써먹는 내 화법이 마음에 드는 눈치였다.

호텔 서비스업을 그녀의 천직(天職)으로 생각하는 이미라는 이태석이며 이휘철과 달리 그런 '정신론'을 제법 중히 여기는 듯했으니까.

"예. 다만……. 그 정신론이 막연한 의미로 변질되고 말 여지가 있다는 것도요."

내 말에 이미라가 역린을 건드렸다고 생각했는지 눈썹을 씰룩였다.

하지만 그녀는 드러내놓고 불쾌감을 표출하는 대신, 어느 정도는 내 말에 동의하는 기색을 내비쳤다.

"……맞아. 요즘 젊은이들은 그런 경향이 있지."

90년대 중반에 경제활동을 시작하고 있는 'n86세대'가 요즘 젊은이라.

하긴, '요즘 젊은이들은 옛날과 달리 문제투성이다' 하고 떠드는 건 기원전부터 이어져 내려오는 유구한 전통이자 노인네들의 권리니까.

이미라가 말을 이었다.

"다들 눈앞의 화려함만 동경해서 우리 호텔에 입사했다가 실망하는 모습을 종종 보아 왔어. 회사 차원에서 직원들에게 동기부여 세미나를 기획하고 조례를 통해 종종 이야기하곤 하지만……. 정신론이라는 건 결국 일반론이지. 크게 색다를 것도 없으니까 진지하게 받아들이는 것도 아니야. 사실상 가장 흔한 말이야말로 정석인 법인데."

이미라가 고개를 저었다.

"……그래서?"

그래서, 라.

'빠르게 결론으로 다가가려 하는 건 이휘철의 영향일까.'

나는 대답했다.

"예. 사람과 사람이 직접 대면해야 하는 서비스업은 더욱 본질적으로 접근해야 한다고 봅니다. 서비스의 마음이 진심에서 우러나오려면 그에 따른 리워드도 필요하니까요."

리워드.

거기서 이미라의 얼굴에선 내 저의를 얼추 눈치챈 듯한 표정이 스치듯 보였으나, 표면상으론 여전히 일부러 나를 떠보는 양 의뭉을 표했다.

"흐음, 성진이는 제도적으로 이를 뒷받침하면 좋겠단 생각이구나. 그래, 이를테면?"

"이를테면 종업원 지주제, 같은 거죠."

종업원 지주제(Employee Stock Ownership Plan)란, 쉽게 말해 자사의 종업원들에게 회사의 혜택을 제공하는 제도를 이른다.

개중엔 여러 방식이 있지만.

"호텔 내 임직원을 대상으로 회사의 지분 일부를 분배한다면, 자연스레 주인 의식이 생겨나지 않겠어요?"

내 말을 들은 이미라가 희미한 미소를 머금었다.

"경영진은 달가워하지 않을 이야기구나."

비록 말은 그렇게 했지만.

'전생에도 신화호텔은 95년 중순쯤 종업원 지주제를 시행했지. 그 자체는 이미라도 고려하고 있었음에 틀림없어.'

이미라는 내 말에 고려할 가치가 있다고 생각했는지, 잠시 생각에 잠겼다가 고개를 끄덕였다.

"그래. 서비스업에는 그 무엇보다 효과적인 제도이기도 하지. 막연한 정신론이 실체를 갖고, 네 말대로 '리워드'를……."

이미라가 손가락을 까딱였다.

"……가시적으로 제공할 수 있는 것이니까."

"그죠?"

"하지만 그렇게 되면 당분간 사업 확장은 고려하기 힘들어지겠구나. 마침 지금이 적기라고 생각했거든."

"……"

전생과는 달리 이휘철의 발언을 통해 현재는 계열사의 경영권 독립이 기정사실화된 시점이니, 응당 고려할 만한 요소가 바뀐 것도 맞는 말이었다.

'다만 이휘철은 관련한 내용을 입 밖으로 내지 않았지. 심

지어 가족들에게도 말이야.'

그러니 나로선 이휘철의 발언에 대해, 현재 서서히 그 효과가 나타나고 있는 그룹 내 계열사의 경영 독립에 그 의도가 있었으리라고밖에 짐작할 수 없었다.

그리고.

"그래, 네 말도 일리는 있지. 그러잖아도 줄곧 생각은 해오던 거였고……."

한편으론 종업원 지주제를 실시하는 데 따를 이사회의 반대에 맞서는 일 또한 경영권 독립이 기정사실화된 현시점에 적합한 타이밍이기도 했다.

내가 한 건, 어디까지나 이미라가 계획하고 있던 일에 계기를 제공한 것뿐이다.

더욱이, 종업원 지주제를 통해 지분 비율을 재조정하면 타계열 임원들과 나눠 가지고 있던 이미라의 신화호텔 경영권 지분을 재조정하는 것도 쉬울 터.

표면적인 사실 이면에는 각각의 노림수도 포함되어 있었다.

"좋아, 다음 이사회의 주요 안건으로 논의해 볼 일이겠구나."

이후.

이미라는 주주총회를 거쳐 증자를 실시한 뒤, 주식의 10% 정도를 떼어 내서 종업원들에게 분배하였다.

관련해서 언론에선 제법 크게 보도를 했다. 이에 그룹 내 계열사인 제화모직 또한 종업원 지주제를 검토하기로 했고, 나는 시중에 풀린 두 회사의 주식을 일부 거둬들였다.

그리고 겸사겸사, 나는 이미라가 소유한 신화식품의 채권 투자를 통해 S&S식품의 법인 설립에 이른다.

지분 매입과 신규 법인 창립에 들어가는 자금은 충분했다.

몇 달 전 계획한 게임 제작 기획이 궤도에 올라, 하나둘 게임이 출시되며 이익금이 손에 들어오는 중이었으므로.

사실, 그 짧은 시간에 뚝딱하고 게임이 만들어질 리야 없 겠지만, 대부분이 리메이크고 현지 개발자들의 적극적인 협력이 있었던 덕에 얼추 괜찮은 모양새의 과거의 명작 게임들이 하나둘 출시되기 시작했다.

'거기에 더해 내가 살았던 시대 같으면 크런치라고 지탄받을 만한 것들이 아무 문제 없이 자행되기도 했고.'

이런 환경에서 한국 개발자들의 성실함(?)은 일본에서 건너온 자문위원들이 혀를 내두를 지경이었다고, 김민혁에게 전해 들었다.

'다들 그럴 만한 능력과 의지는 있지만 계기가 없었을 뿐이지. 그 마당에 우리가 판을 깔아 줬으니, 사막 한가운데서

오아시스를 만난 기분일 거야.'

목마른 건 국내 개발자들만이 아니었다.

고전 콘솔 명작 게임의 리메이크와 동시에 이루어진 PC 이식은 현시점, PC용 게임에 목말라 있던 전 세계 게이머들의 폭발적인 수요를 부추겼다.

그러잖아도 일본을 제외한 해외 라이센스를 받아 두었던 나는 예정에 없던 대규모 수출까지 이루어 내며 그에 따라 다른 게임사들도 자사의 게임 이식을 희망하는 차에 바람직한 선순환이 이루어지고 있었다.

결국 나는 몇 채의 빌딩을 더 임대하고, 그 안에 그득그득 콩나물시루 키우듯 개발자를 밀어 넣기 시작했다.

또, 여기서 노하우를 얻은 몇몇 개발자들은 SJ소프트웨어를 퍼블리셔로 끼고서 오리지널 게임 개발에 착수하기도 했으니.

개중엔 후일 〈바람의 왕국〉을 출시할 넥스트의 임정주도 흥미를 보이며 몇 번인가 계약을 타진하고자 이쪽을 기웃거리는 중이었다.

'어마어마한 황금 알을 낳아 줄 AC의 최택진도 있고.'

그러니 퍼블리셔로서 SJ소프트웨어의 앞날은 전도유망했다.

'더군다나 조만간 플레이스테이션이 발매되면 관련해서도 판매 수익을 거둬들일 수 있게 되겠지.'

이런 상황에 나는 의외의 인물을 한 명 소개받게 된다.

"큥, 조금 춥네."

나는 코를 훌쩍이곤 얼른 정원에서 따뜻한 실내로 몸을 옮겼다.

그사이 이럭저럭 발걸음을 하긴 했으나 신화호텔과의 협업으로 최근엔 잠시 뜸했는데.

나는 김민혁의 연락을 받은 김에 한컴을 비롯한 외부 게임 개발진, 내 소속사가 있는 임대 빌딩에 모처럼 다시 방문했다.

'근방도 제법 변했군.'

그사이 이곳 역삼동의 빌딩 시공도 제법 모양새가 갖춰져서, 예전의 황량함에 이런저런 색채를 입힐 수준은 되어 있었다.

'내가 아는 역삼동의 풍경으로 바뀔 날도 머지않았어.'

나는 괜한 감상을 떠올리며 빌딩에 들어섰다.

'5층 대기실에 있다고 했나.'

띵.

엘리베이터에서 내리자 대기실이 모습을 드러냈다.

'직원 복지 차원에서 신경 좀 썼지.'

평소에도 상주 개발자들이 간단한 음식을 조리해 먹거나 휴식을 취하는 곳이지만, 최근엔 플레이스테이션 발매 기간에 맞춰 마감에 시달리는 모양이라 다른 개발자들은 모습을 보이질 않고 있었다.

그럼에도 불구하고.

'……정신 사나워!'

처음엔 별다른 장식도 없이 어디에나 있을 법한 인테리어를 꾸몄으나, 가만히 내버려 뒀더니 상주 개발자들이 하나둘 개인 물품을 가져다 채워 놓기 시작했다.

벽면만 하더라도 해외 록커의 앨범 포스터와 국내 가수의 포스터 등이 경쟁이라도 하듯 그득그득 붙어 있었고, 다른 쪽엔 우리가 퍼블리싱한 게임의 대형 포스터들이 자랑스럽게 한 자리를 차지했다.

이는 어디까지나 복도를 장식하고 있는 벽면만 그렇다 뿐이고, 내부엔 다트판은 기본에 개발자들이 인터넷 통신에서 긁어모은 '유우머 모음집'이 인쇄되어 붙어 있기도 했고, 포스트잇으로 개진한 각종 의견이 난잡하게 가득 찬 방이며 '지우지 마시오'라고 적힌 화이트보드가 세 개, 탁구대 근처에는 어디서 주워 왔는지 모를 초창기 오락실 게임기를 비롯, 제멋대로 컨버전한 오락기들에 심지어는 미국 술집에서나 볼 법한 주크박스까지.

분명 상주하는 청소 용역을 고용하고 있음에도 불구하고,

언제나 피자 박스 하나둘쯤은 굴러다니는 바닥엔 침낭이며 간이침대, 읽다 만 만화책 따위가 놓였다.

'분리수거는 철저히, 하고 적어 둔 종이쪽지가 무색하군.'

나는 지나가면서 텅 빈 피자 박스를 재활용 수거함에 가져다 놓았다.

대기실은 그런 인외마경, 혼돈의 카오스 같은 공간이었지만 개발자들은 이 돼지우리 같은 곳을 오히려 더 좋아했다.

'……나는 개발자가 될 성격은 아닌 모양이야. 그나저나 김민혁은 어디 있는 거지?'

그러고 있으려니, 팝콘 봉지를 들고 복도를 거닐던 김민혁이 나를 보았다.

"아, 성진아. 여기야."

"네, 형."

"청소 중?"

나는 고개를 저었다.

"아무도 안 하니까, 저라도 해야죠."

"그거 참 타인의 귀감이 될 법한 말이네."

이어서 김민혁이 히죽 웃었다.

"그게 사장님 입에서 나오면 그보다 무시무시한 발언도 없지만."

"……흠."

이러니, 우리 회사는 종업원 지주제 같은 건 꿈도 못 꿀 형

편이다.

"그런데 제가 너무 일찍 왔나요?"

"아니야, 잘 왔어. 다들 게임방에 들어가 있거든."

말하면서 김민혁은 손에 든 팝콘 봉지를 흔들어 보였다.

다른 직군 같으면 이런 공간에 발을 들이는 순간 계약을 재고했겠지만, 여기서 응접하는 대상은 주로 이쪽 계통이었다.

"좀 재밌는 구경 중이었지."

"그래요?"

"응. 지금 한창 자존심을 건 한일 대항전이 벌어지는 중이거든."

"나 참. 저희는 일하러 온 겁니다만……."

또, 이런 너드스러움에 국경은 없는 모양이었다.

김민혁이 말을 이었다.

"아무튼 오늘따라 사람이 없어서 바디 랭귀지로 때우고 있던 참이지 뭐냐. 네가 일본어를 할 줄 알아서 다행이지."

이어서 김민혁은 어깨를 으쓱였다.

"네가 영어에 이어 일본어까지 능통하단 게 좀 새삼스럽긴 하다만."

김민혁이 보기엔 새삼 대단한 모양이었지만, 그래도 이성진에 비할 바는 아니었다.

전생의 이성진은 그래 보여도 어째 5개 국어 정도는 할 줄 알았다.

나 또한 이성진처럼 원서를 읽고 감상할 수준은 아니더라도 대강의 일본어 기초 회화는 할 줄 알았지만, 아주 능통하달 정도는 아니어서 이번 생 들어선 열심히 배우고 익혔다.

'최근엔 미국으로 돌아간 박세나랑 펜팔을 이어 가면서 영작도 공부하는 중이긴 한데.'

나는 김민혁의 솔직한 칭찬에도 어째 기뻐할 수가 없어서 대강 둘러댔다.

"흠. 일본 어디에서 왔다고요?"

내 물음에 김민혁은 잠시 생각하다가 대답했다.

"게이무…… 아니 게임 크리크라는 곳인데."

"게임 크리크?"

게임에 관해 문외한이었던 나도 어디선가 들어 본 기억이 나는 사명이었다.

'어디였더라? 일본 게임사인 거 같긴 한데.'

생각하는 사이 김민혁이 어깨를 으쓱였다.

"나도 자세히는 몰라. 떠듬떠듬 영어로만 이야기를 나눠 봐서."

"영어는 되나 보네요?"

"능숙한 정도는 아니더라. 그들도 기초 회화 정도는 가능해도 사업 이야기를 나눌 수준은 아니야."

우리 회사엔 리메이크 관련 문제로 일본인 개발자들이 자주 들락거리는 편이었다.

하지만 그런 경우, 제법 규모가 큰 회사를 상대로 업무 논의가 진행되기 마련이어서 이쪽에서나 저쪽에서 통역이 가능한 인원을 배치하곤 했는데, 이번은 그럴 겨를도 없는 중소 규모 게임 개발사인 듯했다.

더욱이, 이번엔 회담에 내 승인이 필요한 모양이어서 다이렉트하게 진행할 필요가 있었던 모양이라 나 역시 통역 외주를 구할 필요가 없다는 답을 김민혁에게 보내 뒀던 터였다.

'그만큼 자신감이 있거나, 자금 상황이 여의치 않단 의미겠지.'

그리고 나는 휴게 층 바닥에 앉아 콘솔 게임을 만지작거리는 일본인과 조인영, 그런 둘을 구경하는 공가희와 또 다른 일본인을 보았다.

조인영과 일본인은 한창 격투 게임에 매진 중이어서 우리를 신경 쓰지도 않는 모양새였고, 가장 먼저 인기척에 반응한 건 공가희였다.

"아, 왕자님 왔어요?"

공가희의 말에 그녀 곁에 있던 안경 낀 남자가 고개를 돌렸다.

"아, 엣또, 아녕하시미까!"

그 사내는 급하게 익힌 티가 나는 한국어를 말하며 내게 악수를 청했다.

"저는, 게이무 크리크에서 온 시게하라 토오루라고 하무니다."

"처음 뵙겠습니다. SJ소프트웨어의 사장 이성진입니다."

내가 그럴듯한 일본어로 인사를 받아 주자, 시게하라는 조금 놀란 얼굴을 하더니 일본어를 끄집어 냈다.

"김 씨께 듣긴 했지만 오늘은 여러모로 놀라게 되는군요. 아, 그보다 소개를 먼저 드려야 하는데. 죄송합니다, 잠시만 기다려 주시겠습니까."

게임 크리크의 대표는 눈앞의 시게하라가 아닌, 조인영과 게임 삼매경에 빠져 있는 저 비교적 젊은 일본 남성인 듯했다.

시게하라가 게임 삼매경인 남자를 부르려고 할 때 공가희가 손을 내밀어 시게하라를 막았다.

"쉿. 잠깐. 스톱요."

"예?"

"지금 승부 중이잖아요."

"……슨부 준……쇼부?"

시게하라는 어안이 벙벙한 얼굴로 나를 보았고, 나는 어깨를 으쓱였다.

"괜찮습니다. 저희가 온 것도 눈치채지 못하신 것 같은데요."

"아…… 예."

그사이 공가희가 눈을 반짝 빛내며 나를 보았다.

"근데 왕자님, 일본어도 하세요?"

"어쩌다 보니."

시게하라가 나를 보았다.

"완자나무? 혹시 제가 아는 왕자님 말씀입니까?"

"신경 쓰지 마세요. 공가희 씨만 그렇게 부를 뿐입니다. 제가 어느 만화책에 나오는 캐릭터를 닮았다고 우겨 대고 있어요."

"……어, 음. 사풍이 자유롭군요."

"공가희 씨가 이상할 뿐이죠."

공가희가 눈을 가늘게 뜨며 나를 쳐다보았다.

"왠지 제 욕을 한 거 같은데요."

"착각입니다. 그런데 누나는 왜 여기 계세요?"

"놀러 왔어요."

엄청 뻔뻔하네. 그것도 사장 앞에서.

공가희는 뻔뻔한 말을 이어 갔다.

"근데 저 일본 사람, 게임 되게 잘해요. 저는 퍼펙트 케이오인가, 그거도 당했어요."

"아, 예. 그러세요."

"음악으로 하면 안 질 자신이 있는데. 왕자님, 혹시 음악 게임은 없어요?"

"……무슨."

나는 공가희의 재잘거림을 한 귀로 흘리려다가 멈칫했다.

"음악 게임?"

"네. 있어요? 리듬과 박자로 승부! 뭐 그런 거요. 제대로 된 타이밍에 버튼을 누르면 음악 연주도 가능하고, 그런? 거예요."

"……."

왜 그 생각을 못 했지?

'음악, 리듬 게임이라……. 그러고 보니, DDR이니 펌프니 하는 게임도 아직 나오질 않았군.'

나는 얼른 탁자 앞에 앉아 메모를 끼적였다.

90년대 말에서 2000년대 초입, 이른바 리듬 게임이라 불리는 장르 전체가 대규모 붐을 불러일으켰다.

특히 DDR 같은 댄스 게임은 말 그대로 사회현상으로까지 번지며 뉴스에도 종종 보도될 지경이었으나.

'관련해 저작권을 가진 코나미가 여기저기 특허 싸움을 걸어 댔지.'

결국 그 탓에 성장세에 놓여 있던 리듬 게임 시장 전체가 사양세로 접어들었다고 분석하는 사람도 있을 정도였다.

그걸 공가희의 한마디로 갑자기 툭 튀어나와 내 기억을 자극한 사업 아이템이라는 점은 다소 어처구니가 없었지만.

'오늘은 이걸 떠올린 것만으로도 성과가 있다고 할 정도야.'

내가 기억하는 대략적인 리듬 게임의 개요와 지적재산권을 걸어 둘 만한 사항을 정리하고 있으려니, 주위가 조용했다.

고개를 들어 보니 그새 게임을 마쳤는지, 조인영과 일본인

이 다가와 내가 하는 양을 물끄러미 지켜보는 중이었다.

"게임은 다 마치셨나요?"

내가 미소 지으며 묻자, 일본인은 고개를 끄덕이곤.

"방금은 뭘 하고 계셨습니까?"

그는 통성명을 나누기도 전에 내 맞은편에 앉으며, 작성된 빼곡한 문서에 관심을 보였다.

그 바람에 시게하라는 난처한 얼굴로 쓴웃음을 지으며 우리 사이로 끼어들었다.

"사토시, 인사부터 드려야지 않아?"

"아, 그렇지. 깜박했다. 타나카 사토시입니다. 사토시라고 불러 주세요."

사토시.

그는 호의적인 눈으로 내게 악수를 권했다.

아마도 그 호의적인 시선엔 여기서 접대받은 것 외에 내가 어린이라는 것도 한몫한 모양이지만, 그 시선에 이번 생 이후 질리도록 보아 왔던 선입견은 없었다.

뒤이어 사토시를 대신해 이런저런 일을 도맡아 하는 것으로 보이는 시게하라가 농담조로 말을 이었다.

"사토시도 사장치곤 젊은 편인데, 이 사장님을 뵙고 나니 그런 말도 못 꺼내겠네요. 정식으로 인사드리겠습니다. 이쪽은 타나카 사토시, 게임 크리크의 사장 겸 개발자이고 저는 게임 크리크의 개발자 겸 이런저런 잡무를 담당하고 있는 시게하라 토오루입니다."

말하면서 시게하라는 준비해 온 접대용 화과자와 명함을 함께 건넸다.

다분히 일본적인 사무용 제스처였다.

"아, 저도 다시 인사드리겠습니다. SJ소프트웨어의 모회사인 SJ컴퍼니의 사장이자 SJ소프트웨어의 사장을 겸하고 있는 이성진입니다."

나는 준비해 온 SJ컴퍼니용 명함과 SJ소프트웨어의 명함 두 종을 꺼내 각각 두 사람에게 내밀었다.

그러는 동안, 정작 게임 크리크의 사장인 사토시는 줄곧 문서를 쳐다보고 있었다.

내 시선을 의식했는지, 사토시는 고개를 들어 나를 보았다.

사토시는 눈이 맑고 어린아이다운 구석이 있는 사내였다.

그런 그의 눈빛은 나를 분석하거나 판단하려는 것이 아닌, 좀 더 개인적인 것이었는데.

사토시가 입을 열었다.

"흥미로워 보이는데요. 어떤 내용인지 여쭤봐도 될까요?"

그는 사무적인 인사를 주고받는 일보단 눈앞의 호기심을 자극하는 일이 더 신경 쓰이는 모양이었다.

하지만 거기에 내가 작성한 문서에 관한 물욕 같은 것은 없었고, 순수한 호기심만이 깃들어 있었다.

나는 어깨를 비켜 종이를 집어 들었다.

"문득 생각난 게 있어서 간단하게 정리해 보았습니다. 리듬 게임이죠."

"리듬 게임. 뿌요뿌요나 테트리스처럼 보이는데요?"

"블록이 위에서 아래로 떨어져 내리는 것 자체는 동일합니다. 거기에 더해, 박자에 맞춰 해당 음에 맞는 버튼을 누르는 방식으로 진행되는 게임입니다."

"그걸 방금 생각해 낸 거라고요?"

나는 속이 뜨끔해서 대강 둘러댔다.

"예. 뭐. 사토시 씨만 괜찮으시다면 이 일을 먼저 지시해서 처리해도 되겠습니까?"

"문제없습니다."

나는 이어서 옆에 멀뚱멀뚱 서 있던 조인영을 보았다.

"조인영 씨."

"어? 음, 예. 사장님."

박형석을 비롯한 형들에게 무어라 한 소리를 들은 모양이었는지, 매사 틱틱거리던 조인영은 지금처럼 상황만 맞으면 나를 사장처럼 대우해 줄 때도 있었다.

"혹시 한가해요?"

"바쁩니다. 방금 전만 하더라도 접대 중이었는데요?"

방금 전까지 게임이나 하고 있던 걸 힐난하려는 건 아니었는데, 조인영은 괜히 찔리는 모양으로 변명처럼 대답했다.

비록 변명처럼 내뱉긴 했으나, 그 말도 딱히 빈말은 아니었다.

얼마 전 영입한 조인영은 용산과 역삼동을 바쁘게 오가며 말 그대로 '구르듯' 일을 배웠다.

내가 눈여겨본 것 이상으로 그의 실력과 잠재성은 출중해서, 그가 없는 자리에서 박형석이 입에 침이 마르도록 칭찬을 늘어놓을 정도였다.

'나는 게임에 문외한이니, 조인영을 키워 내 대신 관련 업무를 볼 수 있게끔 해야지.'

오늘도 어쩌다가 잠시 짬이 나서 시간을 냈던 것에 불과했으리라.

"음, 그러면 다른 건 제쳐 두고 이 업무부터 먼저 진행하는 걸 부탁드릴게요."

"그래서 그게 뭔데……요?"

조인영도 내가 방금 끼적인 용지에 흥미가 있는 눈치였다.

"리듬 게임입니다."

"리듬 게임?"

조인영은 어리둥절한 얼굴이었지만, 공가희는 어린아이처럼 천진하게 웃었다.

"와, 제가 필요하다고 말하자마자 뚝딱 만들어 냈네요? 왕자님 대단해요."

딱히 공가희를 위해서는 아니지만, 그녀가 계기가 된 건 사실이니 나도 공치사를 해 주었다.

"덕분이죠."

"그러면 저도 리듬 게임 만드는 거, 같이해 봐도 될까요?"

"괜찮겠어요?"

"네, 재밌을 거 같아요."

옆에서 듣고 있던 조인영은 질색했지만, 어차피 이번 일엔 공가희의 도움도 적잖이 필요할 터다.

"그럼 자세한 건 종이에 적혀 있으니…… TF를 한번 꾸려 보세요. 필요하다면 인원 배정도 얼마든지 해 드리겠습니다. 아, SJ컴퍼니 측과 이야기해서 특허 출원도 동시에 진행하시고요."

"그러지 뭐……."

조인영은 무심결에 고개를 끄덕이려다가 눈을 껌뻑였다.

"어라, 그러면 내가 이번 프로젝트의 팀장이 되는 거야, 요?"

"그렇게 되겠군요. 그러면 저는 손님도 계시니 해당 업무로 돌아가 보겠습니다."

조인영은 자신이 주관하는 제법 큰 프로젝트를 배정받게 되자 적잖이 기뻐 보였다.

"맡겨 두시죠. 기깔나는 걸로 하나 뽑아 드릴 테니까."

뒤이어 조인영은 사토시며 시게하라에게 꾸벅 고개를 숙여 보이곤 공가희를 잡아끌며 잽싸게 방을 나갔다.

이어서 나는 사토시를 보았다.

"기다리게 해 드렸군요. 죄송합니다."

"아뇨, 괜찮습니다."

그가 알아들을 리 없이 한국어로 진행된 짧은 업무 지시였지만, 사토시에겐 그 자체가 흥미로운 눈치였다.

"오히려 회사 분위기가 마음에 드는군요. 더욱이 이 사장님의 역량을 볼 수 있는 좋은 기회였습니다."

"아뇨, 뭘요. 그럼 자리를 옮길까요?"

외부 손님을 위한 접객용 방은 따로 준비되어 있었지만.

"저는 여기도 좋은데요."

"예. 그러시다면."

개발자 출신임이 분명한 젊은 사장은 이 혼란스러운 휴게실이 퍽 마음에 드는 눈치였다.

나는 생각에 잠겨 있던 김민혁을 돌아보았다.

"형, 간단한 다과를 부탁드려도 될까요?"

"물론입니다. 분부만 내리십쇼, 사장님. 한국의 믹스커피를 대접해 올리겠습니다."

김민혁은 히죽 웃으며 탕비실로 들어간 사이, 나는 탁자에 다시 앉았다.

"앉으시죠. 그런데 일본의 게임 크리크에서 이곳 한국까진 어쩐 일로 시간을 내서 와 주셨습니까?"

"아, 실례했습니다. 그것부터 말씀을 드려야 했는데. 격조했습니다."

이번에는 공무적인 일이어서 그런지, 시게하라가 대신해 말을 받았다.

"저희 게임 크리크는 닌텐도의 세컨드 파티 회사로, 여기 있는 사토시가 설립하였습니다."

닌텐도의 세컨드 파티 회사라.

이 시기, 그리고 게임 크리크라는 사명.

알 듯도 한데.

시게하라가 말을 이었다.

"혹시, 요시의 알이라는 게임에 대해 들어 보셨는지요?"

말했듯, 나는 게임에 관해선 문외한이었다.

'요시, 흠. 일본어 감탄사 아닌가? 요시!'

그건 아닌 거 같은데.

내 눈치를 살피던 시게하라가 조심스레 물었다.

"저, 혹시 슈퍼마리오는 아시죠?"

"아, 예. 물론입니다."

일본에서 만든 콧수염 난 이탈리안 배관공을 모르는 사람이 있을까?

나 같은 문외한이라도 알 정도인데.

"그 슈퍼마리오가 타고 다니는 공룡이 있는데, 그 공룡이 주인공인 외전격인 게임입니다. 슈퍼마리오처럼 점프 횡스크롤 액션 게임이죠."

하다못해 게임 마니아인 조인영을 옆구리에 끼워 두고 있어야 했나.

'나도 아직 멀었군.'

나는 웃는 얼굴에 침 못 뱉는다는 말처럼, 웃는 낯으로 사과했다.

"그랬군요. 죄송합니다. 제 식견이 짧아서."

"아닙니다. 사장님 같으신 분이 모르신다니 아직 갈 길이 멀었구나 싶은걸요. 그래도 제법 평이 좋았으니, 기회가 닿으면 꼭 플레이해 보시길 추천드립니다."

"예, 물론이죠."

"아까 슬쩍 둘러보니 이곳 휴게실에도 있더라고요, 하하. 미처 준비해 오지 못해 아차, 했는데 안도했습니다."

나는 그쯤에서 물었다.

"혹시 요시의 알이라는 게임의 PC 버전 이식을 요청드리고자 하시는 건가요?"

"아, 그건 아닙니다. 관련해선 저희도 조금 곤란한 부분이 있거든요."

그가 서먹하게 대답하는 양을 보니, 대강 사정을 파악했다.

'게임 개발은 하청을 받아서 했지만, 라이센스는 닌텐도의 소유라는 거군. 닌텐도의 라이센스 방어야 뭐 워낙 유명하니. 그러잖아도 닌텐도의 간판인 슈퍼마리오의 외전 격의 게

임이라 했고.'

내가 생각에 잠긴 사이 시게하라가 사토시에게 눈짓을 했다.

"괜찮겠지?"

사토시는 고개를 끄덕이곤 서류 가방을 꺼내 조심스럽게 탁자에 올려놓았다.

"괜찮으시다면, 저희가 개발 중인 신작 게임을 한번 봐 주시겠습니까?"

모처럼 다시 입을 연 사토시의 말에 나는 흔쾌히 고개를 끄덕였다.

"좋죠. 얼마든지요."

"예."

덜컥.

사토시가 서류 가방을 열자, 거기엔 캐릭터 그림으로 가득한 두툼한 종이뭉치가 나왔다.

"실은 한국의 명망 높은 퍼블리셔인 SJ소프트웨어 이 사장님께 나쁘지 않은 투자를 제안해 드리고자 염치없이 찾아왔습니다."

시게하라가 정중하고 조심스레 말하는 걸 들으며 나는 종이를 살폈다.

"닌텐도의 휴대용 게임기인 게임보이용으로 개발 중인 것이라 라이트하게 보이신다는 건 압니다만, 애초부터 다양한 미디어믹스와 콜라보레이션을 기획에 두고 개발 중인 게임으로…….”

거기서 사토시가 불쑥 끼어들었다.

“……제목은 ‘패킷몬스터’라고 합니다.”

나는 그림이 그려진 종이를 손에 들고 멍하니, 두 외국인을 바라보았다.

패킷몬스터?

그에 관한 투자라고?

‘……아, 이럴 땐 요시라고 해 줘야 하는 건가?’

요시.

패킷몬스터.

패킷몬스터는 소니와 세가의 신형 게임기가 출시되는 상황에 닌텐도를 구원해 준 게임이기도 하거니와 말 그대로 전 세계적인 열풍을 불러일으킨 프랜차이즈로, 관련 분야의 성공 사례를 꼽으면 빠짐없이 등장해서 이제는 식상할 지경에 이른, 그래서 일종의 시대를 초월한 관념처럼 여겨지곤 하는 게임이었다.

‘나중에는 전 세계 미디어믹스 1위의 캐릭터 상품이 되지.’

또한 패킷몬스터는 시게하라의 소개처럼 당초부터 미디어믹스 상품과의 결합을 전제로 만들어진 것이었는데, 사실 제작 당사자들도 그렇게까지 성공하리란 보장이며 확신은 없었을 것이다.

'그 자체는 특이할 것 없는 것이기도 하고.'

또, 완성 직전쯤.

패킷몬스터의 제작사인 게임 크리크는 이 시기, 91년 완성을 목표로 한 당초보다 한참이나 길어진 제작 기간으로 인해 자금난에 허덕이며 포기할 뻔도 했다는 내용이 머릿속에 떠올랐다.

그런 상황에 게임 크리크가 투자를 요청하며 우리 회사까지 찾아와 준 건, 나로선 요행이었다.

'결국은 리메이크며 이식을 위해 만들어진 서드 파티 환경이 성공을 거뒀단 방증이군.'

나는 제 발로 찾아온 기회에 흥분을 내색하지 않으려고 애쓰며, 각종 기획안이 빼곡하게 들어찬 종이뭉치를 탁자 위로 내려놓았다.

"그러시군요."

다행히, 목소리가 떨리거나 하진 않았다.

"정확히 어떤 콘셉트의 게임인지 들어 볼 수 있을까요?"

내가 사무적인 어조로 다소나마 흥미를 드러낸 듯하자 사토시는 얼른 대답했다.

"아 그러니까. 이 게임 속 세계는 패킷몬스터라는 괴물들이 인간과 공존하는 곳입니다. 여기서 주인공인 플레이어는 곤충 채집을 하듯 각종 몬스터를 붙잡고, 도감을 완성해 나가는 것이 목표입니다."

"그렇군요."

나는 담담하게 그 말을 받았다.

간추린 말만 들으면, 이게 성공 가능성이 있는지조차 모를 이야기였다.

사토시 곁의 시게하라 또한 그걸 알고 있는지 다소 좌불안석인 태도를 보이고 있었다.

"닌텐도 발매를 전제로 한 게임이죠?"

"예."

"타 기기 이식은 아직 고려된 바가 없고요."

"그렇……습니다만."

"흠."

나는 일부러 난색을 표하며 슬쩍 한발을 빼냈다.

"그렇다면 조금 곤란하겠군요."

"예?"

사토시가 어리둥절한 얼굴이 되어서, 나는 짧게 설명했다.

"저희가 주로 닌텐도 기기로 발매된 고전 명작 리메이크 위주로 제작 지원을 이어 가고 있긴 합니다만."

나는 발을 뒤로 내뺀 채 말을 이었다.

"단도직입적으로 말해 닌텐도 전용 콘솔 게임의 직접적인 제작에는 저희가 협조를 해 드리기가 어렵습니다."

시게하라가 끼어들었다.

"저, 그게 무슨 말씀이신지……."

나는 시게하라를 보며 의자에 등을 기댔다.

"아, 거기부터 말씀드려야겠군요."

일부러 뜸을 들인 뒤, 나는 말을 이었다.

"아시는지 모르겠습니다만, 저희가 구태여 고전 명작 IP를 리메이크하는 것엔 대한민국 정부 정책의 영향 때문이기도 합니다."

"한국 정부요?"

"예. 아무래도 일본과 우리 과거가 원만했다곤 볼 수 없어서 말이죠. 그 때문에 정부에선 일본 문화에 규제를 걸고 있으며, 따라서 한국에 발매되는 모든 일본 게임은 엄밀히 말해 '불법'인 셈입니다."

천생 개발자라 그런 건지, 시게하라와 사토시는 게임의 해외 유통 관련해선 처음 듣는 이야기라는 얼굴이 되었다.

'하물며 정치적인 뉘앙스가 담긴 내용이니.'

시게하라가 조심스럽게 물었다.

"이 사장님, 제가 알기론 한국의 한대전자에서 닌텐도의 정식 라이센스를 받아 슈퍼패미콤 등을 공급하는 것으로 알고 있습니다만."

나는 고개를 끄덕였다.

"그것도 사실입니다. 다만, 그건 일본의 직수입된 제품이 아닌, 북미 사양에 맞춘 것을 한 번 비틀어 재공급하는 것이죠. 그래서 국내 콘솔 게임기와 패키지는 모두 북미 사양이 정품이고, 일본판 사양은 모두 엄밀히 말해 밀수입 제품이라고 할 수 있습니다."

코에 걸면 코걸이, 귀에 걸면 귀걸이라고.

사실상 왜 존재하는지조차 모를 악법이었다.

'일본의 문화가 한국에 침투하는 걸 고깝게 보는 꼰대들의 생각이었지. 오히려 규제가 풀린 뒤 일본에 한류 열풍이 불었단 걸 생각해 보면 기우도 이런 기우가 없었지만.'

나는 차분하게 말을 이었다.

"어처구니없다고 생각하실지 모르겠습니다만, 그게 현실입니다. 그래서 바로 옆 나라인 일본에서 각종 게임 산업의 선두를 달리는 시기임에도, 정작 한국은 게임 불모지로 남아 있지요."

국내 게임 산업이 단계를 건너뛰고 온라인 게임 위주로 흘러갔던 건 그런 환경이 적잖은 영향을 끼치기도 했다.

일반적인 세계 게임 개발의 흐름은 콘솔 게임기에서 PC 패키지, 그다음 온라인 게임으로 넘어가는 것이었지만 사실상 한국은 콘솔을 건너뛰고 PC 패키지에서 시작해 인터넷 보급이라는 환경과 맞물리며 온라인 게임 산업 중심으로 넘어가게 된다.

'거기엔 민속놀이로 거듭난 스타크래프트 배틀넷의 영향도 있지만.'

결국 패킷몬스터는 한국에서도 괜찮은 성적을 거두나, 공교롭게도 패킷몬스터는 지금 상황에서도 개발이 미뤄지며 96년쯤 완성이 되어 발매되는데, 이는 DJ 정부의 출범과 일본 문화 규제 정책의 단계적인 철폐와 맞물리며 그 시기가 맞아떨어진 것에 영향을 받았다.

그럼에도, 사실 발매 당시부터 '패킷몬스터 게임'을 즐긴 아이들은 얼마 되지 않는다.

국내 패킷몬스터의 인지도엔 이 '미디어믹스 상품' 계획, TV 애니메이션과 '패킷몬 빵'이라 불리는 상품의 영향이 더 컸다.

'나 역시도 그랬지만, 내 또래 중에 정작 패킷몬스터 게임을 해 본 친구들은 거의 없었다는 게 그 방증이지.'

이후 일본 문화 규제 정책이 사라지고 닌텐도의 게임을 정식으로 수입하게 된 이후부턴 이를 문제없이 소비하게 되지만, 그건 사실상 21세기에나 이루어지는 이야기다.

내 설명을 들은 시계하라는 난색을 표했고, 사토시는 무슨 생각을 하는지 알 수 없는 얼굴이 되어 묵묵히 탁자 위의 기획안을 바라보고만 있었다.

시계하라가 쓴웃음을 지었다.

"그렇다면 저희가 공연히 이 사장님의 시간을 뺏은 꼴이 되고 말았군요. 좀 더 자세히 알아보지 않은 저희의 불찰입니다."

그 뒤 나는 시무룩한 얼굴로 서류를 챙기려는 시계하라를 만류했다.

"아뇨, 그렇지 않습니다. 오히려 저희 회사를 찾아 주신 것에 감사드립니다."

"예? 하지만……."

"규제라는 것이 천년만년 갈 것도 아니지 않습니까? 더군다나 미디어믹스와 결합 상품이라고 하니 흥미도 있고요.."

그리고 나는 손을 뻗어 시계하라가 챙기려는 기획안을 먼저 손에 넣었다.

"솔직히 말씀드려서 참신하고 마음에 와닿는 기획안이었습니다. 이쪽에서 조금 더 검토를 한 뒤 이야기를 나눠 보고 싶군요."

시계하라는 머쓱한 얼굴로 사토시를 보았고, 사토시는 고개를 끄덕였다.

"예, 그렇게 하시죠."

때마침 김민혁이 믹스커피며 다과를 타 왔기에 나는 자리에서 일어섰다.

"형, 잠시 자리를 옮기죠."

"응? 아, 그래. 그러자."

김민혁은 어리둥절한 얼굴로 내 말을 받곤 다과를 내려놓은 뒤 떠듬떠듬 일본어를 뱉었다.

"실례하겠습니다."

그리고 우리는 말이 새어 나가지 않을 곳으로 자리를 옮겼다.

방에 자리를 잡자마자 김민혁이 입을 열었다.

"무슨 일인데?"

"닌텐도용 게임 전용 개발사에서 투자 지원을 요청해 왔어요."

내 말에 김민혁은 떨떠름한 얼굴을 했다.

"뭐? 이거 참. 남 좋은 일 시킬 거 있나. 우리는 사실상 PC 게임 퍼블리셔나 마찬가지 아니야? 좀 더 잘 알아보고 오질 않고, 참 나 원."

그러던 김민혁은 내 눈치를 슬쩍 살폈다.

"그런데도 네가 이렇게 나를 끌고 왔단 건, 성공 가능성이 보인단 거지?"

"정답입니다."

"흐음, 이거 참."

그간 곁에서 내가 이룩한 성취를 지켜봐 온 김민혁은 팥으로 메주를 쑨다고 하면 '그것도 가능하겠네' 하는 입장을 앞세우며 팥 공급처를 알아보러 다닐 지경이 되어 있었다.

"네가 오기 전에 영어로 곤충 어쩌고 하는 이야기를 듣긴 했는데. 무슨 이야기야?"

"곤충 채집을 하듯이 패킷몬스터라는 몬스터를 포획해서 데리고 다닐 수 있단 건가 봐요."

사토시도 그런 이야기까진 하지 않았지만, 결국엔 같은 이야기여서 나는 대강 둘러댔다.

"일단은 기획서를 검토하며 이야기를 해 볼까요?"

"그래. 몬스터라고 해서 완전히 괴물 같은 걸 생각했더니 그림은 제법 귀엽네."

나는 김민혁과 마주 앉아서 빠르게 기획서를 훑었다.

아직 기획 초기(?)라 그런지, 내가 파편적으로 아는 것과는 다소 다른 점이 제법 보였다.

"어이쿠, 이건 또 휴대용 게임기 전용이군."

김민혁은 추임새를 넣어 가며 기획서를 읽었고.

"아하, 게임보이에 있는 통신 기능을 써서 수집한 몬스터를 교환하는 건가. 흠."

고개를 끄덕이더니.

"전투 요소도 있네? 수집한 몬스터로 다른 트레이너와 대결을 펼친다. 이거 동물 학대 아닌가……. 아니지, 이건 괴물이니까."

이제 와선 새삼스러운 개인적 감상까지 늘어놓았다.

"그런데 이 통신 기능을 활용한단 부분은 참신하고 좋은데, 고작 교환이나 하다가 끝내면 아깝지 않아? 스트리트 파이터나 버추얼 파이터도 근본은 사람 대 사람 사이의 대전인데 말이야."

뒤이은 김민혁의 말에 나는 멈칫했다.

"교환만 가능한 건가요?"

"응, 여기. 딱히 대전이 명시된 거 같진 않은데?"

김민혁의 말은 다소 의외였다.

'내가 알기로 패킷몬스터는 유저 간 대전으로 유명할 텐데.'

초창기 기획엔 빠진 부분이었나?

일단 기억해 두기로 했다.

"으음, 속성에 따른 상성 요소. 이건 여타 RPG 장르에 빠지지 않는 것들이지. 흠, 볼수록 괜찮네. 다만 구현이 가능할지는 모르겠고. 이거 어느 정도까지 개발된 거야?"

"모르겠어요. 보니까 초기엔 91년에 출시를 목표로 만들던 거 같은데."

"……으엑. 이거, 말만 들으면 기획 사기잖아 그냥."

"말만 들으면 그렇죠."

나도 미래의 지식을 전제로 하지 않았더라면, 기획서를 읽지도 않고 저들에게 '안녕히 가세요' 인사를 했을 것이다.

소금도 뿌리고.

"사실 일부러 말을 아꼈지만 출시를 해도 문제야. 우리가 투자를 한다고 쳐도, 정작 우리 손에 들어오는 건 간접적인 수익이지. 국내 발매는 요원할 거 아니냐?"

"뭐, 북미 쪽 패키지를 우회해서 들여온다고 하더라도 게임보이의 보급률은 낮으니까요."

"맞아. 들으니 게임보이도 슬슬 끝물일 텐데."

추후 패킷몬스터는 게임보이뿐만 아니라 소니와 세가의 싸움 틈에 끼여 허덕이는 닌텐도에 산소호흡기를 달아 주는 게임으로 거듭나게 되지만, 거기까진 말을 아꼈다.

"이래서야 내년 상반기 출시를 목표로 잡아도 애매하겠어. 더욱이 투자 요청차 온 거라면 그보다 일정이 더 늦을 수도 있겠고…… 어떻게 생각해?"

나는 고개를 끄덕였다.

"제 생각엔 아마 내후년에 나오지 않을까 싶은데요."

"……내후년? 내후년이면 96년도? 그때면 플레이스테이션이 세계를 지배하고 있겠구만."

투덜거리던 김민혁이 나를 쳐다보았다.

"그래서, 이런 악조건에도 불구하고 사장님 생각은 어떠하신지?"

그렇게 묻는 김민혁은 내 대답을 예상이라도 한 듯한 모습이어서.

나는 미소를 지었다.

"투자, 하겠습니다."

김민혁과 협의를 마치고 자리로 돌아온 나는 단도직입적으로 말했다.

내 말에 시게하라와 사토시는 어안이 벙벙한 얼굴이었는데, 방금 전까지만 해도 내 반응은 일본 문화 규제 정책을 이야기하는 등 투자에 부정적이어서 그들은 이대로 성과 없이 돌아갈 준비를 하고 있었던 모양이었다.

"정말입니까?"

"예. 다만 그에 따른 몇 가지 조건과 협의가 필요합니다만."

"듣겠습니다."

시게하라가 자세를 정정하며 올곧게 앉았고, 사토시는 집중하려는 듯 허리를 낮춰 몸을 앞으로 기울였다.

"한국의 사정은 방금 설명드린 대로입니다."

나는 둘을 살피며 말을 이었다.

"설령 패킷몬스터의 개발이 완료된다고 하더라도 당장 국내 시장에 발매하려면 북미 버전을 수입하거나 별도의 라이센스를 등록한 제품이 되겠죠."

"이해하고 있습니다."

시게하라의 말에 사토시도 고개를 끄덕였다.

"하면, 이 사장님은 어떻게 하셨으면 합니까?"

사실.

이대로 자본 투자만 한 뒤 지분만큼의 투자금만 회수해도 문제는 없겠지만, 거기서 그치면 이번 기회가 아깝다.

사토시 역시 근본은 게이머이자 개발자여서, 투자 결과물이 '보따리상'의 결과물로 전락하고 마는 현재 상황을 안타까워하는 눈치였다.

'국내에 패킷몬스터가 정식으로 수입되는 건 일본에서 정규 발매한 뒤 그 후속작이 나오고도 한참이나 지나서였지.'

그래서 나는 슬쩍 미끼를 던졌다.

"듣기로 패킷몬스터는 멀티미디어 사업과 병행하는 것을 전제로 개발에 들어간 게임이라고 들었습니다."

시게하라는 조금 난처한 얼굴이었다.

"아, 예. 그렇습니다. 하지만 구상뿐이고 아직 제대로 된 논의가 나오기 전입니다만……."

하긴, 지금 시점에선 어디까지나 '기획' 단계의 이야기일 뿐이다.

완성된 게임이 나오고, 그 결과물에 맞춰 줄기를 잡은 뒤 애니메이션이나 캐릭터 상품이 만들어 질 터.

하지만 차일피일 기획이 미루어지고, 당시에도 끝물이던 일본 버블 경제도 완연히 꺼져 가는 현재로선 업체 측에서 이 프로젝트를 엎어 버리게 되어도 게임 크리크는 할 말이 없는 상태.

'결과적으론 대박을 치지만, 그건 미래를 알고 있는 나니까 가능한 이야기지. 사실 이 시점에서 게임 크리크를 향한 투자는 도박이나 마찬가지고.'

그래서 나는 제안했다.

"그러면 투자의 조건으로 저희 SJ 그룹에 패킷몬스터의 지적 재산권 일부와 미디어믹스 사업에 진출할 수 있는 사업권 지분 일부를 양도해 주십시오."

그 자리서 곧바로 넙죽 받아먹는 대신 시간을 끌며 결정을 미룬 까닭이었으나.

내 말에 시게하라는 화들짝 놀랐다.

다른 것도 아닌, 아직 제대로 된 협의가 나오지도 않은 미디어믹스 사업권을 요구하는 건 내가 너무 멀리 내다보고 있는 것이라 생각한 모양이었다.

"미디어믹스 사업권…… 말씀입니까?"

"예. 현 시점에서 국내의 일본 문화 규제가 빡빡하긴 합니다만, 애니메이션이나 만화책 등은 조금 여유가 있어서요."

나는 오해가 없도록 얼른 덧붙였다.

"물론 게임 개발에 대한 투자 역시 무리 없이 이루어질 겁니다. 필요하다면 관련한 인력 수급에도 차질이 없도록 해 드릴 용의가 있으며. 국내 유수의 개발자들에게 하청을 맡기셔도 됩니다."

내 제안이 제법 파격적이었던지, 시게하라와 사토시는 어리둥절한 얼굴을 한 채로 나를 물끄러미 쳐다보았다.

그때 사토시가 불쑥 끼어들었다.

"무슨 이유에서 그런 결정을 내리신 건지 들어 보아도 실례가 되지 않겠습니까?"

나는 사토시에게 미소를 지었다.

"이유는 단순합니다. 사업가적 관점에서 개발 중이신 게임에 가능성이 있다고 보았을 뿐이죠."

사토시는 내 말을 들으며 의아한 듯 고개를 갸웃했다.

"사업가적 관점……인가요."

"게임을 즐기는 어린이의 입장, 이라고 말씀드리기엔 제가 문외한이어서요."

사토시는 내 농담 섞인 말에 소리 없이 웃었다.

"방금 전 리듬 게임 기획으론 그렇지만도 않아 보였습니다만."

"과찬입니다."

시게하라가 자세를 바로하며 입을 열었다.

"이 사장님께서 생각하시는 미디어믹스 상품은 어떤 겁니까?"

"여러 가지가 있겠죠."

나는 말하면서 이들이 가져온 컨셉 아트가 빼곡한 어느 페이지를 펼쳤다.

"기본적으로는 애니메이션이 있겠고, 패킷몬스터의 취지는 수집에 있으니 그런 수집적 요소를 충당할 수 있는 완구 제품을 발매해도 좋겠죠."

"······가챠(뽑기) 말씀이십니까?"

"예. 음, 여기 그림을 보니 패킷볼, 이라는 것이 있네요. 이 패킷볼에 플라스틱 재질의 완구를 담아 발매해도 될 듯합니다. 아, 수집이라고 하니 생각났는데, 발매 당시부터 수집 가능한 것에 제한을 둔 버전을 여러 개로 나눠 출시하는 건 어떻습니까?"

나는 얼추 떠오르는 패킷몬스터의 각종 발매 전략에 대해 이런저런 이야기를 늘어놓았다.

"나중에 애니메이션으로 만들어지는 것을 염두에 둔다고 하

면, 패킷몬스터 프랜차이즈의 마스코트 격이 될 만한 귀여운 몬
스터를 앞에 내세울 필요도 있겠군요."

"그러잖아도 스타팅 몬스터라고 해서 불, 물, 풀 속성 세 가
지가 준비되어 있습니다."

이어서 사토시는 줄곧 입이 무거워 보이던 것과 달리 대략
적인 컨셉 개요를 신나서 떠들어 댔다.

"미디어믹스에서 이들 스타팅 몬스터를 전면에 내세우면 어
떨까요?"

"글쎄요, 세 가지 몬스터에 대표님께서 애정을 갖고 있으시
단 건 알겠습니다만. 이는 다른 유저들에게도 마찬가지겠죠. 그
러니 어디에도 얽매이지 않는 그런 녀석이 좋겠습니다. 흠."

나는 턱을 긁적였다.

이어서 보란 듯 컨셉 아트를 뒤적이다가 그 유명한 전기쥐
의 원형을 발견하곤 손가락으로 짚었다.

"이 녀석은 어떻습니까?"

사토시는 그걸 보곤 고개를 끄덕였다.

"전기쥐 말씀이신가요?"

"예. 그래도 아직 좀 더 귀엽게 다듬을 필요는 있겠습니다.
관련해선 논의를 해 보시죠. 그다음은……."

아직 계약서에 서명을 하기도 전임에도 불구하고, 나는 일
부러 들으라는 듯 떠들어 대며 내가 이들 '패킷몬스터'에 지
대한 관심이 있음을 어필했고, 게임 크리크 측의 시게하라와

사토시 또한 천성이 개발자여서 그런지 내 대화에 맞장구를 치거나 반박해 가며 이야기를 나누었다.

개발자들은 순수하다.

그들의 욕망은 그들이 애정하는 것의 완성을 향해 있고, 그 에너지가 올바른 곳에 쓰일 때면 제대로 된 결과물이 나올 가능성도 높아지는 법이다.

사업가로서 개발자들에게 해 줄 수 있는 일은 이들의 열정과 그곳에서 비롯한 에너지가 성장적인 방향으로 갈 수 있게끔 방향을 제시하는 것에 있다고, 나는 믿는다.

"아, 이거 참."

계절의 변화로 부쩍 짧아진 해가 뉘엿해질 무렵이 되자, 시게하라가 새삼스럽다는 듯 주위를 둘러보았다.

"이 사장님과 대화를 나누다 보니, 벌써 시간이 이렇게 됐군요."

사토시가 시게하라의 말을 받았다.

"그래도 유익한 시간이었어. 얼추 구상만 하고 있던 것에 방향이 잡히는 것 같군."

"오길 잘했지?"

"응, 오길 잘했어. 돌아가면 곧장 적용할 것들이 많지만."

사토시는 그렇게 말하며 빼곡하게 들어찬 수첩을 뒤적였다.

"오늘 귀국하십니까?"

시간도 늦고 해서, 내가 슬쩍 던진 질문에 시계하라가 대꾸했다.

　"아뇨. 내일 오전 비행기를 타고 곧장 귀국할 예정이긴 합니다만."

　"숙소는 잡아 두셨는지요."

　"아차."

　나는 당황하는 시계하라를 보며 웃었다.

　"제가 호텔을 잡아 드리죠. 푹 쉬시다가 돌아가세요."

　"배려에 감사드립니다."

　나는 별도의 명함을 꺼내 시계하라에게 건넸다.

　"신화호텔 프런트에서 제 소개로 왔다고 말씀하시면 됩니다."

　"신화호텔이면…… 5성급 호텔이 아닙니까?"

　"아시는군요."

　"하하, 예. 오기 전에 숙소를 알아보다가……."

　나는 미소를 지었다.

　"제 친척이 운영하시는 곳이어서요. 불편한 점이 없도록 모시겠습니다."

　내 대답을 들은 시계하라는 멍한 얼굴이 되었다.

　"신화호텔의 오너와 친척……."

　"예, 그렇습니다만."

　시계하라는 멈칫하더니 눈을 껌뻑였다.

　"그러면 혹시, 이 사장님께선 한국에 있는 삼광 그룹의 관계자셨습니까?"

"제 조부님이 삼광의 회장님이시죠. 어디서 떠들고 다닐 만한 이야기는 아닙니다만."

"하하, 이거 참."

어처구니없어하는 시계하라 곁에서, 사토시는 잠시 생각에 잠겨 있더니 눈을 반짝하고 빛냈다.

"재밌는데."

"뭐가, 사토시?"

"음지에서 암약하는 재벌가와 악의 세력……. 패킷몬스터를 가지고 세계를 지배하려는 음모."

이어 사토시는 중얼거리면서 뭔가를 수첩에 끼적이기 시작했다.

시계하라는 그런 사토시를 멍하니 보았다가 고개를 저었다.

"죄송합니다, 이런 친구여서."

"아닙니다. 뭐, 어떻습니까."

웃으면서, 나는 어깨를 으쓱였다.

나중에 알게 된 일이지만, 나는 이후 게임 속 악역인 미사 일단의 간부 모델이 되었다.

투자자의 권한을 앞세워 이를 기각할까 진지하게 고민하기도 했으나, 어찌 됐건 상관없는 이야기.

빌딩 앞, 게임 크리크의 두 대표를 모범택시에 태워 배웅하고 난 뒤, 김민혁이 나를 보았다.

"신화호텔까지 잡아 주다니, 아주 극진히 모시는데."

나는 멀어져 가는 택시를 보며 담담하게 답했다.

"그럴 만한 가치가 있거든요."

"네가 그렇다고 하니 그런 모양이지."

김민혁은 픽 웃으며 주머니에 손을 찔러 넣었다.

"아무튼, 이제 백조는 수면 아래에서 잽싸게 물을 저어야겠군."

나는 김민혁에게 미소를 지었다.

"잘 아시네요. 제가 대강의 기획서 초안을 작성해 드릴 테니, 형은 협력 업체를 알아봐 주세요."

"사장님께서 기획서 초안까지 작성해 주신다니, 몸 둘 바를 모르겠어."

김민혁은 그렇게 이죽거리곤 진지한 얼굴이 되었다.

"우선 애니메이션과 완구 제작……. 흠, 뭐 이럴 때를 대비해 둔 건 아니었지만, 마침 알음알음 인맥이 있긴 하지. 알았어."

"아, 현지 로컬라이징도 필요하니까, 관련해서도."

"여부가 있겠습니까, 사장님."

"그리고 이번에도 북미 측 법인을 통해야 할 거예요. 계약에도 닌텐도 측과 법적으로 문제가 없는지도 알아봐 주시고요."

"그건 유상훈 변호사님께 문의해 볼게. 이거, 왠지 제법 큰 프로젝트가 되겠는걸."

김민혁은 그대로 뒤돌아 빌딩으로 들어가려다가 멈칫했다.

"아, 너는 집에 돌아가야지. 차로 태워 줄까?"

"아뇨, 저는 알아서 돌아갈게요. 수고하셨어요."

"나야 뭐 한 일이 있나."

김민혁은 등으로 손을 흔들며 빌딩 내부로 걸어 들어갔고, 나는 하나둘 조명이 들어오기 시작하는 가로등이며 빌딩 내부를 보다가 몸을 돌렸다.

'택시를 부를까.'

그렇게 생각하던 차에, 나는 진입로로 들어오는 차를 발견했다.

차는 나를 향해서 전조등을 두어 번 깜빡인 뒤, 빌딩 외부 주차장에 주차를 마쳤다. 그리고 차에서 익숙한 얼굴이 모습을 드러냈다.

"여기 있을 거라더니, 정말이네."

뒷좌석에서 내린 소년은 빙긋 웃으면서 내게 인사를 건넸다.

"안녕, 그동안 잘 지냈어?"

"아."

나는 이휘철의 생일 이후 다시 만난 이진영을 보며 잠시 멈칫했다.

'이진영이 여기까지 찾아오다니, 대체 무슨 일이지?'

그리고 얼른 태연한 척 인사를 건넸다.

"오랜만입니다, 형님."

"오랜만은……."

그리고 이진영이 차를 퉁, 하고 손바닥으로 두드렸다.

"차에 타. 집에 데려다줄게."

사전 연락도 없이 갑자기 불쑥 나를 찾아온 이진영의 저의가 궁금했으나.

'적의나 악의는 없는 듯하고……. 일단 어울려 줄까.'

나는 이진영을 물끄러미 쳐다보다가 고개를 끄덕였다.

"감사합니다."

나는 뒷좌석, 이진영의 옆자리에 올라탔다.

나는 뒷좌석에 나란히 앉은 이진영의 옆모습을 힐끗 쳐다보았다.

그는 삼광건설의 사장인 이태환의 장남이긴 했으나, 어딘지 모르게 재벌가 도련님보단 자수성가한 입지전적 타입에서 보이는 면모가 어렴풋이 드러나곤 했다.

'……하긴, 당숙들의 입장을 생각해 보면 일반적인 재벌가

후손의 상황이라고 보긴 힘들지.'

당숙들의 입장에서 삼광 그룹으로 대표되는 이씨 일가는 그들의 아버지 이휘찬이 몰락시켰던 것을 이휘철이 맨손으로 일궈 다시 부흥시킨 가문이다.

지금은 이휘철의 독립운동 운운하는 발언으로 그 입장이 180도 뒤집혔지만, 그 전까지는 마치 연좌제를 도입하듯 평가가 박했다.

그러니 자연스럽게 '방계'라고 할 수 있는 이휘철의 입김이 강했고, 이휘철의 아들인 이태석과 그 손주인 내가 삼광 그룹의 오너 가문으로서 자리매김할 수밖에 없는 상황.

더군다나 이휘철이 이들 당숙에게 교육이며 사업 기반을 마련해 주기도 했으므로, 이들이 이휘철을 거역할 까닭도 없는 것이 당연.

'이 몸의 주인인 이성진도 그런 걸 어려워했지. 이해해.'

그런 걸 차치하더라도, 이휘철은 공과 사의 경계가 뚜렷한 인물이었다.

그는 단순히 '핏줄'이라는 이유만으로 인물을 높이 사지 않았고, 한 번씩 당사자가 알게 모르게 일종의 시험을 치르곤 했다.

그래서 예전 중동 건설 붐이 한창일 때 그는 이태환에게 시공을 맡겼다.

이태환은 이휘철의 시험을 성공적으로 완수하며 다른 피

붙이들에 비해 일찍 계열사의 중책에 올라 현재는 사장직을 수행하는 중이었다.

그런 집안에서, 철두철미하기로 유명한 이태환의 장남인 이진영은 미래에도 한 가락 하는 인물로 거듭났다.

다만 이진영은 아무래도 이성진이 속한 삼광전자와 계열사의 성격이 다르다 보니, 그런 이진영을 전생의 나는 먼발치에서 한두 번 스치듯 보거나 개인사에 관해서도 희미한 소문을 듣는 것이 고작이었다.

'그가 이성진을 싫어했단 건 알지만, 뭐 이성진을 좋아한 사람이 몇이나 됐을까.'

모르지.

그가 뿌리는 돈을 핥아 먹으려 몰려든 파리 떼는 좋아했을지도.

'……그는 이성진의 죽음에 관여했을까?'

나는 그 생각에 긍정 혹은 부정을 하는 것으로 입장을 정하기가 어려웠다.

미래엔 삼광 그룹 내부의 지분 문제로 다투는 사이가 되긴 하지만.

'그렇다곤 해도, 이진영이 삼광전자를 흡수할 명분이나 능력이 있는 것도 아닌데.'

그런 상황에 이진영이 불쑥 퇴근 중인 나를 찾아온 건.

'이번 생에선 나와 친하게 지낼 필요가 있단 판단일까?'

더욱이 내 퇴근 시간에 맞춰 차를 몰고 온 건, 그 나름의 준비를 갖추고 온 것이리라.

이진영이 불쑥 입을 열었다.

"저번부터 생각하던 거지만."

난데없이 뚱딴지같은 소릴 하나 싶었더니, 이진영이 고개를 돌려 나에게 미소를 보였다.

"너는 은근히 서민적인 모습이 있어."

"예?"

"왜, 나도 가지고 있는 개인 운전기사도 없고 말이야."

"……아, 예."

무슨 소리인가 했더니.

이진영이 말을 이었다.

"성진이 너도 명색이 삼광 그룹의 직계잖아. 혼자 돌아다니면 위험할 텐데?"

한편으론, 나 역시 조금 속이 뜨끔한 이야기였다.

소위 말하는 재벌가의 '엘리트 교육'을 유년기부터 받아 온 여타 재벌가의 후계들에 비해, 나는 먼발치서 보아 온 그 모습을 간접적으로 흉내나 내고 있을 뿐이었고.

그 모습엔 이진영이 지적하는 것처럼 어딘지 모를 '서민적'인 면으로 표출되는 모양이었다.

근본적인 사고방식의 차이라고 해야 할까.

어릴 적부터 쌓아 올린 소위 '재벌가 후계'들에겐 사고방식의 밑바닥에 일반인들과 다른 색상과 형태의 블록이 놓여 있었다.

'그래서 요 1년간 관련해서 카모플라주를 익히는 중이긴 하지만.'

이진영의 지적은 제법 예리했다.

'설마하니 속 알맹이가 바뀌었으리란 짐작은 하지 못하겠지만 말이야.'

나는 그 미묘한 간극을 꿰뚫어 본 듯한 이진영의 시선에 빙긋 미소를 지었다.

"걱정 마세요. 나름의 대비는 갖추고 있거든요."

"……아. 그러니?"

"네. 설마하니 저 같은 국민학생이 이 늦은 시간까지 혼자 돌아다니겠어요?"

대답하며 나는 보란 듯 뒤를 힐끗 쳐다보았다.

"이래 보여도 저는 혼자가 아니에요."

내 대답에 이진영은 수긍한 양 고개를 끄덕이고 말았다.

이진영의 말마따나 내가 암만 '서민적'인 행보를 보이고 있다곤 하지만, 또한 그 말마따나 명색이 대한민국 재계 서열 2위인 삼광 그룹의 직계다.

외국이면 몰라도, 한국에서 내 일거수일투족은 알게 모르게 모두 체크가 되고 있다.

그렇지 않고서야 이휘철이 내 자유행동을 묵인할 까닭도

없을 것이고.

지금도 이 차를 따라오는 자동차 중에는 3교대로 이루어지는 내 전담 경호원이 붙어 있을 것이다.

다만 나는 나대로, 그들을 일부러 의식하지 않고 내버려두고 있을 뿐.

내가 치안 상황이 험악한 용산이며 청계천을 마음껏 들락거릴 수 있었던 것도 그런 연유였다.

하지만 사람을 너무 믿을 필요는 없다.

그들과는 차라리 고용인과 고용주의 관계로 남아 있는 편이 낫다.

'……이성진의 뒤통수를 갈겨 버린 인물 중엔 나뿐만 아니라 그가 믿고 있던 경호실장도 공범에 포함되어 있었으니까.'

이진영의 침묵이 필요 이상으로 길어지고 있었다.

아직 어려서 그런 것일까, 본인이 예상하지 못한 상황에 놀라 준비한 말을 이어 갈 응용이 부족한 듯했다.

'그가 하는 말에는 다분히 문어체적인 뉘앙스가 배어 있지. 머릿속으로 준비해 둔 말을 하나둘 끄집어내는 타입일 거야.'

그래서 나는 역으로 그 침묵의 간극을 비집고 들어가기로 했다.

"저번에는 오랜만에 만났는데 제대로 된 인사도 나누질 못했죠?"

"응? 아니야. 나야말로……."

이진영은 불현듯 본론을 끄집어냈다.

"그 자리에서 상윤이를 소개시켜 준 건 나였는데, 괜히 그것 때문에 관계가 나빠지진 않았는지 걱정했어."

"아뇨, 저도 그땐 조금 무례했다고 생각하고 있어요."

허상윤과는 그런 식으로 만나고 말았지만, 사실 별로 악의는 없었다.

'다소 싸가지는 없었지만 그래 봐야 중딩이고.'

이진영은 빙긋 웃었다.

"아니야, 그땐 걔 잘못이 컸지. 뭐, 말은 그렇게 했지만 사실 그렇게 나쁜 녀석은 아니거든. 그때는 오랜만에 만난 친척 동생 앞에서 조금 잘난 척하고 싶었던 것뿐일 거야. 물론 그 방식엔 문제가 있었단 생각은 하고 있지만."

말을 마친 이진영은 일부러 그러듯 고개를 끄덕이며 잠시 뜸을 들인 뒤 문득 생각났다는 듯이 말을 이었다.

"그러고 보니, 성진이 너 사업에 재능이 있는 모양이던데."

"재능이라뇨?"

"하하, 재능이라는 표현이 부담스럽다면……. 그래, 관심이 많다는 정도로 바꿔 표현하면 될까?"

이렇게까지 노골적으로 나오면 나도 부정할 면목이 없어진다.

나는 별수 없이 고개를 끄덕였다.

"관련해서 조금 배우는 흉내는 내고 있죠. 어디까지나 아버지와 할아버지께서 도와주고 계시는 일이지만요."

"그렇다곤 해도 아직 국민학생인걸. 내가 네 나이 땐 그런 생각까진 하지 못했거든. 솔직한 의미로 감탄하고 있어."

이 녀석이 왜 내 얼굴에 금칠을 하려는 걸까. 나는 신중하게 이진영의 말을 받았다.

"과찬이에요."

"하하, 상윤이 앞에서는 가차 없더니, 내 앞에선 보란 듯 겸손하게 나오는구나?"

이 꼬맹이, 의외로 호락호락하질 않네.

나는 이진영이 본론을 꺼내길 기다렸다.

이진영은 내 침묵을 가만히 살피더니 빙긋 미소 띤 얼굴로 본론을 꺼냈다.

"그런 의미에서 너만 괜찮다면 몇 가지 조언을 구하고 싶어서."

"조언요?"

"응. 다름이 아니라, 사업 계획을 추진 중이거든."

사업?

기껏해야 중딩쯤 되는 녀석이?

아니, 신분상으론 아직 국민학생에 불과한 내가 할 말은 아니지만.

그래도 먼저 본론을 꺼내 줬으니, 나 역시 거기에 맞춰 줄 필요가 있었다.

"어떤 사업입니까?"

이진영은 미소 띤 얼굴로 내 말을 받았다.

"뭐, 말은 그렇게 하지만 그렇게 대단한 건 아니야. 내가 주도로 나서는 것도 아니고."

"그렇군요."

그렇다곤 해도, 암만 재벌가라지만 사업 운운하는 이야기는 쉽게 꺼낼 수 있는 요소가 아니다.

'게다가 스스로 대단한 건 아니다,라고 말은 하지만 먼저 제안을 던져 온다는 건 달콤한 꿀이 발린 이야기겠지.'

더욱이 당장은 이런 제안을 던져 오는 이진영의 속내를 알기 어려웠기에 나는 뒤로 한발 물러서기로 했다.

"저를 높이 평가하신 건 감사드려요. 하지만 사업이라고는 해도, 사업의 범주는 넓고 다양하잖아요? 저도 어쩌다 보니 조그만 사업체를 운영하곤 있지만, 제가 모르는 분야라면 큰 도움을 드리긴 어려울 거 같은걸요."

내가 겸손을 곁들인 정론으로 슬쩍 발을 빼자, 이진영이 웃는 낯으로 고개를 저었다.

"그런 면이야."

"네?"

"하하, 그러잖아도 너, 요즘 고모님이랑 사업 이야기를 나누고 있다며?"

"아, 네."

굳이 숨긴 것도 아니었지만, 구태여 그걸 끄집어내는 건.

"마침 사업 파트너도 그쪽 업계 종사자이고 해서, 문득 네 생각이 났지 뭐야. 알아 두면 너에게도 도움이 될 것 같은 인맥인데."

그 나름대로 협상의 우위에 서고자 하는 전략일 터였다.

'중딩치곤 제법이군.'

이렇게까지 노골적으로 나오면 나도 응하는 척을 해야 했다.

"어떤 사업인가요? 호텔? 다른 서비스업?"

"비밀."

"……예?"

이놈이 어른을 놀리나.

이진영이 빙긋 웃었다.

"그래도, 말했듯 대단한 건 아니야. 융통하는 자금 규모도 기껏해야 용돈 정도고, 말했듯 핵심은 다른 사람이거든."

어떤 중학생이 용돈으로 사업 투자를 하나?

그보단 '내가 알아 두면 좋을 인맥' 운운했던 것이 못내 마음에 걸렸다.

'조금 간을 볼까.'

나는 슬쩍 발을 걸쳐 보았다.

"흥미로운 이야기네요. 그렇다면 핵심 투자자는 누구인가요?"

이진영은 미소를 지었다.

"그것도 비밀."

"……."

"사실 그쪽도 드러내 놓고 밝히고 싶어 하진 않아서 말이야. 그래도 사람은 괜찮아. 능력도 있고, 자격도 충분하지. 어때?"

"……."

일단 알아보고 발을 빼든가 말든가 결정해도 늦진 않다.

"조금 흥미롭네요. 한번 만나 보는 정도라면 저도 괜찮아요. 소개해 주실 거죠?"

"물론이지. 그 정도라도 좋아."

이진영은 고개를 끄덕이곤 창밖을 보며 희미한 미소를 곁들였다.

"흥미로울 거야, 분명."

오늘 나를 찾아왔던 용건은 그것이 전부였는지, 이진영은 나를 집에 바래다주곤 적당한 핑계를 대며 돌아갔다.

"그럼 다음 일정이 잡히면 연락할게."

"네, 형. 바래다주셔서 고마워요."

"응. 잘 자."

그리고 승용차는 나를 남겨 두고 떠나갔다.

'흠, 이진영이 나에게 흥미를 보이고 있군.'

장래 삼광건설과 합병된 삼광물산의 대표이사 위치에서, 사사건건 삼광 그룹을 조율하려고 했던 이진영의 역량을 생각해 보면.

'호락호락한 꼬맹이는 아니야.'

적은 가까이 두라고 했지만.

지금으로선 이진영이 내 앞길에서 적으로 나타날지, 아니면 이해관계가 일치한 동맹으로 남을지, 장담하기 힘들었다.

나는 멀어져 가는 승용차를 바라보다가 몸을 돌려 집으로 돌아왔다.

집으로 돌아오니, 이휘철이 거실 소파에 앉아 뉴스를 보고 있었다.

"다녀왔습니다."

이휘철이 고개를 돌려 나를 보았다.

"왔느냐"

이휘철 곁에는 한성아가 찰싹 달라붙어 있었는데, 그녀는 살포시 잠이 들었다가 인기척에 반응해 깨어난 듯 눈을 부비며 나를 보았다.

"오빠! 왔어?"

"응."

이번 생의 한성아는 눈치를 보는 일 없이, 애교가 많은 천성을 십분 발휘해 그 이휘철 앞에서도 어리광을 부리곤 했다.

그런 한성아를 대하는 이휘철의 태도는 손주를 대하는 여느 할아버지와 다를 바가 없어서, 아마 이성진의 동생인 이희진이 말문이 트이고 나면 그로부터 퍽 귀여움을 받으리란 것도 짐작이 됐다.

'그때까지 건재해 있다면 말이지만……'

이휘철은 이어서 한성아의 어깨를 부드럽게 쓸어 주었다.

"늦었으니 너는 이만 들어가서 자거라."

한성아는 칭얼거릴 법도 하건만, 어쨌든 피곤하긴 했던 모양인지 고개를 끄덕였다.

"네. 회장님, 안녕히 주무세요."

한성아는 쪼르르 다락방으로 올라갔고, 이휘철은 그런 한성아의 뒷모습을 보며 흐뭇한 미소를 지었다.

"그건 그렇고."

이휘철이 고개를 돌려 나를 보았다.

"성진이 너, 요즘 들어 귀가가 부쩍 늦구나."

"아…… 예. 일이 바쁘다 보니."

"흠."

가볍게 고개를 끄덕인 이휘철은 한성아가 떠난 소파 옆자리를 손바닥으로 툭툭, 두드렸다.

"이번엔 무슨 사업을 벌이는지, 한번 들어 보자꾸나."

얼마 전 생일을 거하게 보낸 뒤로 이휘철은 부쩍 생각이 많아진 모습을 보였는데, 어딘지 가슴속에 쌓여 있던 걸 내려놓아 심성이 유해진 듯도 했다.

'그렇다고 해서 그 뒤로 이휘찬과 관련해 언급한 적은 두 번 다시 없었지만.'

나는 그 말에 딱히 거역할 일도 없고 해서, 얌전히 이휘철의 옆자리에 자리를 잡았다.

"……예."

"어디 보자."

내가 앉자마자 이휘철이 운을 뗐다.

"저번에 네게 맡겼던 부동산은 어떻게 됐지?"

"용산에 있는 전자상가 건물의 일부를 구해 두었습니다."

"용산?"

"예. 국내에선 컴퓨터 부품 조립 시장으로 유명한 곳이죠. 생각해 둔 바가 있어서 그쪽에 일부 자리를 잡아 두었습니다."

내 말을 들은 이휘철은 잠시 생각하더니 눈썹을 씰룩였다.

"청계천에도 관련한 단지가 조성되어 있지 않느냐?"

이휘철 연배쯤 되는 사람이 청계천이며 용산을 구분해 말할 줄이야.

나는 조금 놀랐으나, 내색하지 않으며 대답했다.

"청계천 일대는 앞으로 어떻게 될지 확신이 없어서요."

"확신이 없다?"

나는 미래에 있을 청계천 복원 사업을 언급할까 생각했다가, 관련한 정보는 그냥 은근슬쩍 넘어가기로 했다.

"그보단 용산 쪽이 더 마음에 들던데요."

"마음에 들었다……라. 하하하."

이휘철이 웃음을 터뜨렸다.

"녀석, 말하는 것 하곤. 하긴, 이미 결정된 이야기니까 하는 말이다만, 나 또한 청계천 방면은 좀 더 두고 볼 필요가 있다고 봤다."

"무슨 말씀이신지요?"

"뭐."

이휘철이 고개를 저었다.

"이번에 성수대교의 부실공사 관련한 일도 있지 않았느냐."

"예."

원래 역사대로라면 올해 10월쯤 무너져 내렸을 성수대교는 우리 측이 언론을 통해 이슈를 터뜨려 긴급 정비에 들어간 뒤, 아직 무사한 상황이었다.

'비록 출입은 통제하고 있지만.'

그 바람에 성수대교와 접한 압구정동 쪽의 부동산 가격은 예전만 못한 상황이었다.

이휘철이 말을 이었다.

"뭐, 청계천 고가도로 또한 사정은 다를 바 없으니, 나는 정부에서도 관련해 뜯어고칠 일이 있을지 모르겠단 생각을 했단다."

"……."

"원래 낡은 것은 새것으로 고치려는 것이 인간들의 못된 버릇이지 않느냐. 그 시기가 언제일진 모르나, 네가 살아 있는 동안엔 일어날 일이겠지."

그런 식으로 생각할 수도 있는 건가.

하지만 이휘철의 입에서 쉽게 나온 말은, 그 저변에 수많은 정보와 자료의 취합 끝에 나온 것이리란 걸 나는 어렵지 않게 짐작할 수 있었다.

'일에 관해선 철두철미한 사람이니.'

이휘철이 미소 띤 얼굴로 나를 보았다.

"그래, 거기선 무얼 하려고? 주된 사업이 조립형 컴퓨터라고 했겠다, 네가 취급하는 것처럼 제대로 된 물건은 다루기 힘들 텐데."

"좀 더 장기적인 관점에서 접근하고 있어요."

"장기적인 관점?"

"예. 할아버지 말씀대로 당장 저희 사업부가 수익을 거둘 수 있는 곳은 아닙니다만."

나는 이휘철이 이 시대를 감안하지 않더라도 비교적 현대적인 사업에 관해서 잘 알고 있다는 것을 의식하며 말을 이었다.

"물밑으로 용산 일대에 접근해서 조립형 PC의 보급 증대를 꾀하고 있습니다."

"흐음. 이른바 소프트웨어 산업으로 나아가려는 모양이구나."

이휘철은 단박에 본질을 꿰뚫어 보았다.

"크크, 하긴. 네가 구상하고 있는 게임 산업이라는 것이 성장하려면 국내 PC 보급률도 신경은 써야 할 테니까. 한데, 용산이라. 다른 지역은 어떻게 하려고?"

"그건 일단 용산에서 자리를 잡고 난 뒤 고려해 보려 합니다. 추후 신용이 쌓인 뒤 통신판매를 노려도 되고요."

"통신판매⋯⋯. 너랑 태석이가 말하는 인터넷 말이냐? 그것도 컴퓨터라는 것이 없인 안 될 텐데. 순서가 바뀐 게 아니냐."

"통신판매는⋯⋯ 전화기로도 가능하잖아요?"

"아, 그렇지. 그렇고말고. 이 할애비가 너무 앞서갔구나."

이래서야 누가 미래에서 온 건지, 원.

이휘철은 고개를 저었다.

"오늘은 뭘 하다 늦었고?"

"오늘은 일본에서 사업 제의가 왔어요."

"호오, 물 건너에서?"

이휘철은 퍽 흥미로워하며 내 말을 경청하는 태도를 보였다.

"예. 신작 게임의 제작 지원을 바란다면서 찾아왔습니다."

이휘철이 빙긋 미소 지었다.

"보아하니 그쪽 업계에 제법 이름을 팔았나 보구나."

아직 이렇다 할 궤도에 오른 것은 아니었지만, 듣기로 업계에선 제법 주목하는 사업이라는 이야기가 있었다.

'문제는 수익을 얼마나 거두느냐의 문제인데.'

이번 게임 사업 건은 소니가 플레이스테이션 출시를 기획하며 세가와 닌텐도를 향한 견제구를 던진 느낌이었다.

나는 이휘철의 말에 한발 뒤로 물러섰다.

"글쎄요. 저희 사업이 일본에서도 흥미로운 모양이거나, 아니면 최후의 수단 삼아 찾아왔겠죠."

내 대답을 들은 이휘철이 픽 웃었다.

"녀석, 유머 감각하곤. 뭐, 그것과 관련해서도 이런저런 말이 있나 보던데."

"예. 주된 내용은 세가의 현재 상황과 대비한 것입니다."

얼마 전 세가는 세가 새턴을 발매했고, 역사대로 초창기엔 제법 순조로운 행보를 보이는 중이었다.

그것과 관련해서 회사 내부에선 이런저런 잡음이 들려오고 있었다.

'어째서 세가와 손을 끊었냐는 거였지. 하지만 머지않아, 그 순항은 뒤집히게 된다.'

그나마 공식적으론, 삼광전자의 멀티미디어 사업부가 자회사로 개편하면서 게임기 사업을 철수한 것으로 알려져 있지만.

아직 인터넷을 통한 정보의 평등이 과도기적인 상황이어서, 장외 주식에도 이름을 올리지 않은 SJ컴퍼니의 상황이 어떠하다는 건 외부에 알려지지 않은 상태였다.

'그러니 SJ컴퍼니의 자회사인 SJ소프트웨어나 SJ엔터테인먼트의 존재도 알 사람만 아는 업계 정보로 남아 있는 상황이지.'

이휘철이 웃음기 띤 얼굴로 물었다.

"지금이라도 세가와 다시 손을 잡을 생각은 없느냐?"

나는 그 말이 괜히 떠보는 것임을 알곤 고개를 저었다.

"아뇨, 그럴 일은 없을 겁니다. 그럴 일은 없겠지만, 그렇게 한다고 하면 기껏 쌓아 둔 소니와 관계도 껄끄러워질 테니까요."

"크크, 녀석."

이휘철은 끌끌 웃으며 소파에 등을 기댔다.

"제법 강단이 있는걸. 어디 두고 보도록 하마."

"예."

이휘철은 잠시 생각하더니, 말을 이었다.

"그래, 이번에 일본에서 왔다던 친구들과 일은 어떻게 됐느냐."

"닌텐도의 서드 파티로 게임을 개발 중인 조그만 회사입니다만, 가능성이 보여 투자하기로 했습니다."

"가능성."

이휘철은 고개를 주억거렸다.

"그리고."

"지금은 신화호텔에서 좋은 대접을 받으며 지내고 있겠죠. 일부러 알선했습니다."

"허어."

이휘철이 눈썹을 둥글게 만들었다.

"그러고 보니 요즘 미라랑 어울리고 있다지. 네가 다른 친척들과 무언가를 할 줄은 몰랐는데."

이휘철은 의외라는 듯 이야기했으나, 그 발언은 은근히 내 계획의 핵심을 찌르고 있었다.

'내가 장래에 적이 될지 모를 친척들을 은근히 견제하고 있단 걸 눈치채고 있는 건가?'

이휘철은 내 얼굴을 살피더니 미소 띤 얼굴로 말을 이었다.

"이번에 내 생일 때도 미라를 도와 뭔가 한 건 했고 말이다."

"이야기 도중에 얻어걸린 것뿐이에요."

"크크, 얻어걸린 것뿐이라."

이휘철은 뭐가 재밌는지 소리 내서 웃음을 흘렸다.

"하긴 뭐, 들으니 미라가 널 제법 귀여워하더구나. 그애는 어쩌다 보니…… 슬하에 자식 하나 없는 신세가 되고 말았지만."

"……."

"시대가 변하고 있지."

"……?"

"저번에 호텔에서 있었던 일은 나도 흥미로웠다. 예전 같으면 그런 일에 트집을 잡거나 하는 건 신경 쓰지 않았건만, 이제는 서비스 품질의 시대다, 이거겠군."

호텔에서 이미라에게 몇 마디 조언을 던졌던 것은 당연하다는 양 이휘철의 귀에 닿아 있었다.

"아까도 말했지만, 원래 낡은 것은 새것으로 바뀌는 법이다. 어쩌면 나도 이젠 퍽 늙은 건지 모르겠어."

"……개선 전에도 이미 훌륭했습니다만."

"너답지 않은 말을 하는구나."

이휘철이 눈을 가늘게 떴다.

"무엇을 하건 일류를 지향하기만 해선 안 된다. 트렌드를 바꾸고, 이를 선도해 가는 사람이 되어야 하지. 이번 호텔 건처럼, 그 소소한 부분 하나의 변화로 업계에 새로운 바람을 불러올 게다."

뒤이어 이휘철은 안광을 번뜩였다.

"혹시 신화호텔의 경영권에도 흥미가 있느냐?"

다소 도발적으로 떠본 그 말에 나 역시 도발적으로 응수했다.

"가능하다면요."

이휘철은 야망이 가득한 인물이고, 그 야망에 응하는 사람을 중하게 쓰니까.

"……하하하핫!"

이휘철이 웃음을 터뜨렸다.

"크크크, 녀석, 내가 비록 그룹을 대표하는 회장이긴 하나, 모든 것엔 절차가 있는 법이다."

"……."

"그리고 이런 저런 절차를 밟아 가는 일에 네 나이는 항상 걸림돌이 되는구나."

그렇게 말한 이휘철의 목소리엔 약간의 회한이 어려 있었다.

"네가 어디까지 해낼 수 있을지 지켜보는 것도 재미는 있겠지. 늘그막에 생긴 흥밋거리야. 음."

그리고 신화호텔 경영권에 관한 이야기는 거기서 끝이 났지만, 이휘철의 이야기는 끝나지 않았다.

"보아하니."

이휘철이 말을 이었다.

"너는 장기적인 관점의 투자 위주로 진행하는구나. 관련해선 상황이나 시대가 변하는 것도 고려해야 하지만, 왠지 성진이 너는 그런 것도 얼추 고려를 하고 있는 듯하고."

잠시 생각에 잠겼던 이휘철이 고개를 돌려 나를 보았다.

"……너는 혹여 이 나라를 바꾸기라도 할 생각이냐?"

나라를 바꾼다.

왠지 모르게 경계하는 빛이 어린 말씨였다. 나는 그 말에 담담하게 대꾸했다.

"어떤 이득을 추구하는 과정에서 변화가 이루어진다면, 그것도 가능하겠죠."

"호오."

"그런 변화는 기대하는 바이기도 하고, 결과에 이르는 과정이기도 합니다."

이휘철이 입가에 진한 미소를 걸었다.

"그렇다면 됐다. 다행히 넌 허황된 꿈을 꾸지는 않는구나."

누굴 의식하고 한 말인지, 알 수 없었다.

'혹시 작고한 그의 형인가?'

하지만 어디까지나 내 짐작일 뿐. 이휘철은 그 일에 대해 두 번 다시 언급하지 않았고, 그렇게 며칠이 흘렀다.

3장

그로부터 얼마 지나지 않아 이진영과 재회가 이루어졌다.

"제 시간에 맞춰 왔구나?"

"예. 그런데 이태원이네요?"

"응, 뭐. 저번에 말했던 사업 말이야, 여기서 할 거거든."

이어서 이진영이 내 어깨에 부드럽게 손을 얹었다.

"이 건물 2층이야. 들어가 볼까?"

여기서 무슨 사업을 하겠단 건지.

나는 이진영을 따라 건물 2층으로 올랐고, 아직 아무런 인테리어도 되지 않아 칙칙한 콘크리트와 말간 노출 조명이 몇 개 달려 있을 뿐인 텅 빈 공간이 모습을 드러냈다.

그리고.

"엥."

거기엔 허상윤이 있었다.

"뭐야, 쟤가 왜 여기 있어?"

나야말로.

허상윤과 내가 이진영을 쳐다보니, 그는 능청스레 어깨를 으쓱였다.

"문제라도 있어?"

문제 있지.

불과 얼마 전에 서로 얼굴을 붉혀 가며 한가락 언쟁이 오 갔던 사이 아니던가.

나야 어른의 관대함이 몸에 배여 있으니 괜찮지만 저 싸가 지 없는 중딩은 분명…….

"……뭐 어때."

엥.

허상윤은 의외로 담담했다.

"그땐 나도 지나쳤지. 미안했다."

"어, 음. 아뇨. 저야말로."

이어서 허상윤이 머쓱하게 머리를 긁적였다.

"사실 그때 샴페인을 몰래 좀 마셨거든. 아, 이건 비밀이 다?"

"……예에."

내가 오해하고 있었나 보다.

하긴, 그 싸가지 그대로 성장했으면 먼 미래 제법 한가락 하는 허상윤은 만들어지지 않았겠지.

그나저나 이진영이 언급한 만나 두면 좋을 인맥이라는 건 허상윤이었나?

그 나름대로 화해의 장소를 주선한 건 제법 대견했고, 허상윤이 간접적으로 쥔 인맥이 만만치 않다는 것도 사실이긴 하지만…….

그때, 안쪽에서 웬 여성이 걸어 나왔다.

"일찍 왔네?"

"정시에 맞춰 온 건데요."

"어라, 그런가?"

무스탕 재킷이 인상적이다.

그녀는 긴 생머리를 옆으로 쓸어 넘기더니 이진영 곁에 서 있는 나를 보며 멀뚱한 얼굴을 했다.

"……애야? 너무 어린걸."

"피차 저나 누나가 할 말은 아니지 않나요?"

"그래도 그렇지……."

그녀는 '흠' 하며 비강으로 반쯤 삼킨 한숨을 내뱉더니 허리를 굽혀 나와 눈높이를 맞췄다.

"안녕, 네가 성진이니? 누나는…… 제니퍼라고 해. 만나서 반가워."

"안녕하세요."

'제니퍼'는 첫인상과 달리 비교적 형식적인 사교 멘트로 인사를 건네 왔다.

그나저나 제니퍼?

"교포이신가요?"

내 말에 제니퍼가 웃음을 터뜨렸다.

"얘도 참. 요즘 시대의 X세대라면 영어 이름 하나쯤은 있는 게 상식 아니야?"

"……아, 예."

이런 시대의 오렌지족, 하고 퉁 치며 넘어가기에도 보편적인 행태는 아닌 듯하다.

"그보다 몇 살?"

"11살입니다. 한국 나이로요."

"그렇구나."

"누나는 연세가 어떻게 되세요?"

"비밀."

이름부터 나이까지. 정보 공유의 불합리함이 느껴졌다.

'흠, 이진영이 말한 알아 두면 좋을 인맥은 이 사람인 모양인데.'

아직은 자칭 제니퍼가 누구인지 도통 분간이 가질 않았다.

10년이면 강산도 변한다고 했겠다, 내가 아는 미래의 지식은 그 강산이 세 번 정도 바뀔 범주니까.

"뭔가 콜라 같은 거라도 대접하고 싶은데, 미안, 여기 꼴이 말이 아니지?"

"괜찮아요. 탄산은 별로 안 좋아해서."

"주관이 뚜렷한걸."

제니퍼는 키득거리며 웃더니 재킷에 양손을 찔러 넣으며 이진영을 보았다.

"첫인상은 마음에 들어. 귀엽고."

"그렇죠."

"질투하는 건 아니지?"

"설마요."

"……흐음, 묘하네. 너네 집안 특징인가."

그러면서 제니퍼는 허상윤을 보았다.

"쟤는 안 그런데."

"제가 뭘요?"

"아니, 신경 쓰지 마."

제니퍼는 제법 털털한 성격인 게, 나도 비밀 운운하는 내용을 제외한 그녀의 첫인상은 나쁘지 않았다.

'그래도 많이 쳐 봐야 20대 초반가량이겠군. 그보다 제니퍼라는 이름, 70년대 말 태생의 사업가……? 딱히 떠오르는 건 없어.'

아마, 제니퍼라는 가명을 차치해야 선입견의 안개가 걷힐 듯한데.

그녀가 대단한 사람이라면, 관련한 정보도 내 머릿속에 있을 터지만.

'그게 아니라면 내가 아예 관련 정보를 갖고 있지 않은 사람이거나.'

제니퍼가 곁눈질로 나를 보았다.

"그래, 성진이랬지. 너는 어디까지 들었어?"

주어가 생략된 그 말에서 나는 대강의 뉘앙스를 어림짐작해 대답했다.

"뭔가 사업을 구상 중인 모임이 있다는 것 정도만 듣고 왔어요."

"……응? 아, 그렇구나."

제니퍼는 다시 한번 머리를 가볍게 쓸어 넘기더니 텅 빈 공실에 또각또각 구두 소리를 냈다.

"뭘 할 건지는 모르고?"

"네. 누나는 어디까지 들으셨어요?"

"나? 나는 뭐, 네가 진영이 사촌이라는 것 정도만 들었지. 제법 똑똑하다는 거랑."

허상윤이 나직이 끼어들었다.

"진영이랑 성진이는 육촌입니다."

"사촌이든 육촌이든 팔촌이든 아무튼 그게 그거지, 뭐. 그래서 이쪽에 조예가 깊다고 들었는데."

조예가 깊다, 라.

그래서 그 '이쪽'이 뭔데?

내가 제니퍼를 물끄러미 쳐다보고 있으니, 제니퍼가 빙긋 웃으며 대답했다.

"레스토랑 사업. 정말로 아무것도 못 들었나 보네?"

"……예?"

레스토랑?

나는 일순 어안이 벙벙해져서 이진영을 보았지만, 이진영은 미소 띤 얼굴로 어깨를 으쓱였다.

"저번에 호텔에서 조언하는 걸 들으니까, 그런 거 같더라고. 아니니?"

"……."

나는 그 물음에 긍정도 부정도 하지 않았다.

'레스토랑 사업이라니.'

마음 같아선 겸양을 섞어 가며 부정하고 싶었지만, 나는 그 눈웃음 속에 자리 잡은 이진영의 묘한 확신을 보며 그럴 생각을 접었다.

"……어떤 레스토랑이죠?"

뭐, 그럭저럭 평균은 갈 경영 컨설팅은 가능하니까.

내 몸값이 비싸긴 해도 이 상황을 재단하기 위한 행동 비용 정도로 생각하면 나쁠 건 없다는 것이 내 판단이다.

제니퍼는 내 말에 빙긋 웃더니 발걸음을 옮기며 말을 이었다.

"지금은, 프렌치."

"……지금은?"

"응. 저녁엔 여기 홀을 개조해서 라이브 연주를 하고, 와인 바이너리도 크게……."

듣고 있으려니 지적할 구석이 한두 군데가 아니었다.

"……혹시 취미로 하실 건가요?"

"응? 아니야. 그럴 리가. 진지한데?"

"……흠."

극단적으로 말해, 이 시대 한국에서 프렌치 식당을 열었다간 망하기 딱 좋다.

내가 살았던 시대에서야 그나마 한국의 외식 문화에 다양성이 이루어져 드문드문 프랑스 가정식을 전문으로 하는 곳이 생겨났다지만, 이 또한 주류는 아니었다.

그야말로 별식.

데이트 메뉴로 파스타가 대표될 만큼 이탈리안 비스트로가 한국에서 대중화에 성공한 것에 비하면 참으로 초라한 결과였다.

'옆 나라 일본이 버블 시절부터 이럭저럭 프렌치 보급에 성공한 것과는 달리 한국에선 먹히질 않았지.'

일본의 경우는 버블이 장기화한 것도 한몫했겠고, 반면 한국의 경우는 그 찬란한 영광의 시절이 짧았다.

'또 거기엔 가격 대비뿐만 아니라 버터와 크림 위주인 프렌치 특유의 느끼함도 한몫했겠지만.'

어쨌건 한국인은 김치가 필요한 민족이다.

파스타의 대중화 초창기를 견인한 것은 다름 아닌 '절임 무'라는 분석도 나오고 있는 마당이니.

그때 허상윤이 끼어들었다.

"거봐요. 누님. 성진이도 별로인 거 같은걸."

제니퍼는 팔짱을 끼며 우리 둘을 번갈아 보더니, 시선을 내게로 고정했다.

"너도 그래?"

허상윤이 프렌치를 반대하는 입장인 것까진 몰랐지만.

나는 대강 근거를 댔다.

"개인적으로 프렌치는 추천하지 않아요."

"취향?"

"그보단 보편성 때문이죠. 프랑스 요리가 전 세계적으로 알아준다곤 하지만, 한국에선 아니라고 봐요."

게다가 아직, 이 시대는 양식 문화가 제대로 자리 잡기 전이었다.

서구형 외식의 대표 주자인 피자도 이제야 자리를 잡아 가는 형국이고, 그마저도 미국식.

이런 상황에 라이브 악단이며 와인 바이너리까지 갖춘 본격적인 식당을 운영한다?

'어불성설이야. 돈을 벌 생각이 없는 건가?'

제니퍼가 나를 물끄러미 쳐다보았다.

"그러면 성진이 의견은?"

"프렌치로 하시려는 거 아니었어요?"

"지금은, 이라니까."

제니퍼는 떨떠름한 얼굴을 했다.

"상윤이에 이어서 진영이도 너랑 비슷한 이야기를 했거든. 이래서야 3 대 1이잖아."

이진영이?

나는 이진영을 쳐다보았고, 이진영은 내 시선을 의식한 양 어깨를 으쓱였다.

"나는 그냥, 처음부터 많은 자본을 투입하기보단 단계적으로 절차를 밟아 나가면 어떨까 싶었을 뿐이야. 누나가 하려는 사업은 기초 비용이 많이 드니까."

허상윤도 이진영을 따라 하듯 어깨를 으쓱였다.

"동의. 게다가 성진이 말마따나 프렌치는 한국인 취향이 아니야. 나는 좋아하지만."

허상윤까지 거들고 나서자, 제니퍼가 투덜거렸다.

"끙. 나는 슬슬 한국에도 양식 문화가 정착하는 것 같았는데."

나는 어느새 이번 레스토랑 사업에 발을 들인 것처럼 되어서, 나는 한발 뒤로 뺐다.

"그보다 저는 부외자인데요."

"에이, 우리 사이에 섭섭하게."

만난 지 30분도 되지 않았는데 무슨 소리람.

"뭐, 아무튼 알았어."

제니퍼가 입을 삐죽였다.

"그럼 프렌치는 기각. 다른 건?"

"……그렇게 쉽게 결정해요? 보니까 장소며 부지도 갖추셨는데."

"이게 아니다, 싶으면 빨리 접고 다른 걸 모색해야지."

상황에 따라선 정론이긴 한데.

"그래서, 성진이는 뭘 하면 좋겠니?"

아차 하다 보니 왠지 발 빼기 힘든 지경까지 온 기분이 들었지만, 나쁜 기분은 아니었다.

"레스토랑 사업을 전제로, 말씀인가요?"

제니퍼가 고개를 끄덕였다.

"맞아. 네 말마따나 레스토랑 사업용으로 이 건물을 마련해 둔 거니까. 가스며 배관 등등은 이미 계약해 둔 상황이야."

"흠."

나는 고개를 끄덕였다.

"이번 사업엔 저희 말고 다른 사람도 관련되어 있겠죠?"

"잘 지적했네. 맞아."

여러 의미가 함의된 발언이었다.

"……알겠습니다."

이어서, 나는 제니퍼를 보았다.

"여기 있는 사람들의 발언권은 어느 정도인가요?"

"전적으로 일임. 그거면 충분하지 않아?"

허상윤이 끼어들었다.

"정확히 말하면 누님의 발언권이 가장 크지."

"뭐어, 이건 내 사업이니까."

나는 둘의 이야기를 들으며 건성으로 고개를 주억거렸다.

'원래는 이 자리에 내가 없고 제니퍼, 허상윤, 이진영 세 사람이 있었단 건가…….'

듣고 보니 머릿속을 스치는 것이 있었다.

'맞아. 허상윤의 SH푸드에서 프랜차이즈화한 패밀리 레스토랑 브랜드가 있었지. 원래는 좀 더 미래의 이야기지만……. 나라는 투자자가 생겨서 일정이 앞당겨진 거라면?'

나는 그제야 제니퍼의 정체를 알 수 있었다.

'나 원, 그래서 제니퍼라는 이름을 댄 건가? 생각 외의 거물인 건 맞지만 아직 젊네.'

내가 픽하고 웃은 바람에 제니퍼가 고개를 갸웃했다.

"왜?"

"아뇨, 아무것도 아닙니다."

이 일로 이 레스토랑의 미래와 정체를 알고 나니, 조금 후련해졌다.

'그래도 잘 키워 두면 나쁘지 않은 캐시 카우가 될 거란 것도 사실이지.'

그쯤해서 나는 결심을 마쳤다.

"좋아요. 어디 한번 적극적으로 검토해 봅시다. 그 전에."

나는 제니퍼를 보았다.

"저도 이 사업에 투자할 수 있게끔 해 주시겠어요?"

"응?"

제니퍼와 이진영이 나를 보았고, 나는 그 둘이 했던 것처럼 어깨를 으쓱여 주었다.

"이 뒤는 사업의 영역이니까요. 부외자의 입장에서 이런 저런 말을 늘어놓는 것보단, 저 자신이 책임을 지고 이득을 얻을 수 있는 위치여야 할 것 같거든요. 피차 장래를 위해서 말이에요."

제니퍼는 나를 가만히 쳐다보았고, 이진영이 웃으며 제니퍼를 돌아보았다.

"어때요, 누나. 제가 말한 그대로죠?"

"……그러게."

제니퍼의 표정이 일순 진지해졌다가 다시금 헤실헤실 웃음기 띤 얼굴로 바뀌었다.

"그럴 만한 돈은 있고?"

"물론이죠."

"좋아. 그러면 최대 20%까지, 어때?"

"투자자가 별로 없나 보네요?"

"그보단 내 지분 방어용. 그래도 할 거야?"

나는 고개를 끄덕였다.

"좋아요, 해 보죠."

"마음에 드는걸."

뒤이어 제니퍼가 내민 손을, 나는 맞잡았다.

"아, 계약서에도 제니퍼라는 이름을 쓰실 건가요?"

"……글쎄, 어떨까. 일단은 구두계약으로 하면?"

"진영이 형이 보증을 서 준다면요."

가만히 있던 이진영은 어처구니없다는 듯 웃음을 터뜨렸다.

"하하, 뭐, 내가 소개해 준 거니까, 알았어. 물론 해 주고말고."

견제의 목적으로 한 말이었는데.

의외로 이진영은 지금의 나를 퍽 마음에 들어 하는 모양이었다.

'이거 참…….'

이번 건만 보면 마냥 호인으로 비치는 이진영이어서, 까딱하면 전생에 이성진의 암살을 사주한 후보에서 제외할 뻔했다.

'사실 저런 놈이 제일 위험하지.'

사기꾼과 악당은 그렇게 보이질 않으니 성공하는 법이니까.

우리는 적당한 의자를 가져와 넷이서 둥글게 마주 앉았다.

"자세한 계약은 제 변호사를 통해 보내 드릴게요."

말을 하고 보니 유상훈 변호사의 일감이 또 늘어난 거 같지만, 어쩌겠는가.

먹고살려면 해야지.

"오올~ 개인 변호사도 있어?"

"개인……까진 아니지만요. 어쨌거나."

나는 약식 계약서를 힐끗 쳐다보았다.

"계속 제니퍼란 이름을 쓰실 건가요?"

"제니퍼로 충분하지 않아?"

그럴 리가.

하지만 애써 감추는 일에 괜한 역린을 건드려서 좋을 건 없을 테니까, 약식 계약서론 그러려니 하기로 했다.

"그러면."

나는 적당히 운을 떼고 슬슬 본론으로 들어가기로 했다.

"부지 외에 다른 건 아직 안 구했나요?"

"음. 요리사가 한 명 있긴 해. 오너 셰프로 쓸 거야."

"오너 셰프……. 흠."

"프렌치 전공이긴 한데, 다른 것도 두루 잘하니까 걱정하지 않아도 돼. 아, 일식은 좀 힘든가?"

제니퍼는 내 의혹을 미리 걷어 주며 말을 이었다.

"그렇게 됐으니, 양식은 양보 못 해."

"괜찮아요. 저도 그 부분은 아직 미개척 분야라고 생각합니다. 그러니 우리로서도 경쟁 우위를 갖출 수 있을 거고요."

제니퍼가 고개를 끄덕였다.

"자, 그래서 이성진 주주님."

"예."

"네가 생각하는 이상적인 레스토랑은 뭐니?"

제니퍼의 말에 나는 픽 웃었다.

"이상적인 레스토랑이라는 것부터 배제하고 시작하죠."

"······응?"

"사업이니까요. 이상과 현실은 구분해야 하지 않겠어요?"

내 말에 제니퍼는 한숨을 내쉬었다.

"휴우."

"······왜 그러세요?"

"국민학생이 벌써부터 꿈을 잃고 사는 이 나라의 미래란······."

"······그럼 판매 수익이 높은 레스토랑을 제 이상이라고 치죠."

나는 제니퍼의 헛소리를 일축했고, 옆에서 가만히 우리 이야기를 듣고 있던 허상윤이 끼어들었다.

"그렇다면 한 개의 식당에 집중하는 것이 아닌, 우리 식당을 프랜차이즈화하는 건가?"

우리가 허상윤을 쳐다보니, 허상윤은 머쓱한 미소를 띤 얼굴로 말을 이었다.

"이 식당의 브랜드가 전국적으로, 또 나아가 글로벌로 뻗어 나가게 된다면 그것도 제법 이상적이라고 생각하는데."

나이에 비해 제법이다.

싸가지와는 별개로 역시 이럭저럭 재능은 있는 걸까.

"괜찮네요."

나는 고개를 끄덕였다.

"저도 여기 있는 이태원 본점에서 시작해 프랜차이즈화가 이루어지면 좋겠단 생각을 하고 있거든요."

"프랜차이즈라……."

제니퍼가 고개를 주억거렸다.

"이를테면 맥도날드나 피자헛처럼?"

"굳이 말하면 그렇게 되겠네요. 브랜드를 프랜차이즈해서 키우면 독자적인 유통망 확보를 비롯해 가격 경쟁력 면에서 우위를 점할 수 있을 테니까요."

허상윤이 끼어들었다.

"저는 패밀리 레스토랑을 생각했습니다만."

"패밀리 레스토랑?"

제니퍼가 미간을 찌푸렸다.

"이 누나는 어느 정도 고급화는 보장하고 넘어갔으면 하는데. 그런 일에 써먹기엔 우리 오너 셰프의 능력 낭비야."

그녀가 말한 오너 셰프가 누군지는 모르겠으나, 제니퍼가 우려하는 바도 이해는 갔다.

동시에, 나는 허상윤이 제안하는 것도 얼추 예상이 갔다.

"저는 일본식 패밀리 레스토랑이 아닌 미국식 패밀리 레스토랑을 생각하고 있습니다."

"아, 미국식."

80년대 말에서 90년대 초, 국내엔 경양식 위주의 일본식 패밀리 레스토랑이 대거 들어왔다가 IMF를 전후해 별다른 성과를 보지 못하고 철수하게 된다.

그러다가 2000년대에 들어선 제법 정통파 느낌을 깐, 스테이크 하우스 위주의 미국식 패밀리 레스토랑이 들어오며 전성기를 누리게 되는데, 이를 미리부터 내다본 이진영의 안목은 제법 훌륭하다고 할 수 있었다.

'뭐, 그조차도 2010년대 이후엔 쇠락하고 말지만……'

하긴, 그것도 운영하기 나름일 터.

허상윤의 말을 들은 제니퍼는 곰곰이 생각에 잠긴 얼굴이더니 이내 고개를 끄덕였다.

"그렇다면 TGIF나 Outback 같은 거겠네. 스테이크용 고기 유통망만 확보할 수 있다면야 나쁘지 않을 듯해. 가족, 연인을 위주로 공략하고."

"그렇죠?"

"다만, 음, 한국인 입맛엔 좀 무겁지 않을까?"

방금 전까지 프렌치 식당을 밀고 있던 주제에.

허상윤이 피식 웃었다.

"그런 느낌으로, 참고만 하는 거죠."

"흐음. 그런가."

"네. 아니면 해외 브랜드를 법인화해서 가져올 수도 있죠. 물론 메뉴는 현지화해야겠지만……."

"에이, 그래선 주객전도잖아."

"그것도 그러네요."

주객전도.

나는 그 말이 함의하는 바를 눈치챘지만, 모른 척 입을 열었다.

"이 누나는 대중화보단 고급스러운 이미지로 공략하고 싶었는데."

이진영이 미소 띤 얼굴로 끼어들었다.

"그것도 가능하겠는데요? 바란다면 브랜드 내부에서 이미지를 고급화한 지점을 몇 개가량 내는 것도 어렵지 않을 거 같단 생각입니다."

이진영은 그답게 제니퍼의 의향과 우리 뜻을 적당히 조율해 주었다.

허상윤이 고개를 끄덕였다.

"응, 식당으로 돈을 벌고자 하면, 결국 프랜차이즈화가 하나의 답이 될 수 있겠지. 식당에서 벌어들이는 매출보단 수익성이 보장되는 브랜드 라이센스 비용으로 돈을 버는 거야."

허상윤까지 거들고 나서니 제니퍼는 고개를 끄덕이며 동

조했다.

"뭐, 좋아. 그 정도라면 타협 가능. 그러자면 전문화는 어렵겠네? 프랜차이즈 메뉴라는 건 결국 어디에서나 매뉴얼화된 일정한 수준의 맛을 보장할 수 있어야 한단 의미니까."

의외라고 할까, 제니퍼는 경영 전반에 경박한 태도를 보이는가 싶더니 이제 와선 흐름을 타고 상황에 의견을 실었다.

'아니. 그녀가 이룩한 미래를 생각해 보면 의외는 아니지.'

나는 그런 생각을 내색하지 않으려 하며 고개를 끄덕였다.

"예. 그래서 저는……."

"잠깐, 누나가 맞혀 볼게. 어디 보자……. 이탈리안?"

"네."

"흐응. 뭐, 그렇구나. 하긴, 나도 사실 이탈리안이냐 프렌치냐 둘 중 하나를 고르려고 했거든. 파스타류는 매뉴얼이 가능하니까 차기 브랜드를 프랜차이즈화하기 좋고."

맞다.

마진도 많이 남고 말이지.

이진영이 상황을 정리했다.

"그럼 얼추 방향성은 잡혔군요. 목표 소비층도 정해졌고, 이젠 식당을 대표할 수 있는 메뉴 개발과 컨셉 인테리어……."

"아니지, 진영아."

제니퍼가 웃으며 끼어들었다.

"식당 이름부터 정하는 게 어때?"

"……그것도 중요하죠. 생각해 둔 거라도 있으세요?"

"음……."

제니퍼는 고민하는 척 하더니 방긋 웃었다.

"제니퍼의 J와 이성진의 S를 따서, SJ푸드! 어때?"

"……."

내가 SJ컴퍼니 사장인 걸 알고 일부러 저러는 건가.

"농담이야 농담. 이탈리안 패밀리 레스토랑이니까, 음. 이탈리아 하면 로마, 로마라고 하면 율리우스 시저, 그렇게 해서 시저스. 어때, 나쁘지 않지?"

시저스.

즉흥적으로 정한 것치곤 좋지도 나쁘지도 않은 느낌이었다.

"명칭이야 뭐 불쾌감만 주지 않으면 상관없죠. 그렇게 해요."

허상윤이 맞장구치자 제니퍼가 눈을 흘겼다.

"……대충 하는 건 아니지?"

"작명 센스는 없어서요. 나쁘지만 않으면 되지 않겠어요? 브랜드 가치라는 건 만들기 나름이고."

"그래그래. 흐음, 그럼 어디 보자."

제니퍼는 자리에서 일어나더니 주위를 몇 걸음 서성이곤 고개를 돌렸다.

"좋아, 결정. 머릿속에 얼추 방향이 잡혔어."

"벌써요?"

"응, 뷔페로 할 거야."

허상윤이 눈을 깜빡였다.

"……예? 뷔페요?"

"응, 응. 뷔페."

"……."

허상윤의 얼굴은 '지금까지 한 이야기는 뭐가 되냐'는 표정이어서, 제니퍼가 얼른 덧붙였다.

"아니이, 그렇다고 해서 거창한 뷔페가 아니라, 뭐라고 할까. 으으음."

내 존재가 미래에 있을 요소를 앞당겼는지, 아니면 처음부터 그녀의 머릿속에 들어 있던 요소였는지는 알 수 없으나.

'이거 참.'

나는 제니퍼의 생각에 방점을 찍어 주었다.

"샐러드 바, 말씀이신가요?"

"오, 샐러드 바. 그거 이름 괜찮네. 응, 샐러드 바라…….
그거야, 그거."

제니퍼는 환한 얼굴로 말을 이었다.

"지중해풍, 열을 가하지 않은 가벼운 사이드는 뷔페식으로 두고, 고객들이 마음껏 먹게 하는 거지. 성진이 말마따나 샐러드 바인 거야. 그 외에 스테이크 같은 메인 디시는 별도

주문. 어때, 괜찮지? 괜찮지?"

허상윤은 곰곰이 생각하더니 어깨를 으쓱였다.

"흥미는 있네요. 어쨌건 뷔페라고 하면 만족도도 높고, 샐러드 한정이니 무겁지도 않을 테고요."

"응. 시저스라고 하니까 생각이 떠오른 거 있지? 시저 샐러드도 있고. 로마인은 로메인 상추를 많이 먹었어. 로메인 상추, 그러니까 Romaine lettuce는 그래서 Romaine이야. 몰랐지?"

"아…… 예."

제니퍼는 흥분하면 말이 많아지고 빨라지는 타입인 듯했다.

"크, 콘셉트가 정해졌어! 자, 이럴 게 아니라 움직여 봐야겠는걸."

허상윤이 인상을 찌푸렸다.

"그런데, 잘될까요?"

"잘될 거야, 아니 무조건 잘돼. 성진이는 어떻게 생각하니?"

뷔페형 패밀리 레스토랑이 성공하고 성행한 것 자체는 맞지만, 이 시대에도 그게 먹힐지는 잘 모르겠다.

그런 의미에서 나는 어깨를 으쓱였다.

"자체는 나쁘지 않은데, 잘될지는 두고 봐야죠."

"냉정하긴."

"그래도 대부분은 가성비의 문제니까, 그것만 어떻게 되면 되지 않겠어요?"

"가성비?"

가성비란 단어도 내 시대에 정착한 줄임말 신조어였나?

나는 말을 조금 풀이했다.

"가격대 성능비. 음, 여기선 가격 대비 만족도라고 해 두죠."

"그래그래. 흐으음, 몸이 근질근질한데."

제니퍼는 그렇게 말하며 부산스럽게 실내를 돌아다니더니 다시 몸을 돌렸다.

"여기서 필요한 건 또 뭐가 있을까?"

허상윤은 고개를 주억거리며 중얼거렸다.

"······브랜드명은 정해졌고, 음. 컨셉에 맞는 간판 디자인과 인테리어, 유통망과 인력 확보, 오픈 날짜며 홍보 방법 등등을 결정해야죠."

"Yes, all right! And?"

웬 영어.

나는 제니퍼의 말을 받았다.

"······일단은 The End 하시죠. 시간도 늦었고요."

창밖은 어느새 짧은 겨울 해가 넘어가며 어둑어둑해지고 있었다.

제니퍼는 내 말에 '벌써 시간이 이렇게 됐나' 하는 얼굴로 고개를 끄덕였다.

"그러게, 그러네. 좋아, 오늘은 여기까지! 다들 수고했어."

"예."

이진영이 픽 웃으며 내 어깨를 툭툭 두드렸다.

"데려오길 잘했네. 역시 넌 남달라."

허상윤도 동의하듯 고개를 끄덕였다.

"그러게. 호텔에서 그건 우연이 아니었다, 이거지."

그들의 말에 나는 경계하며 겸양을 표했다.

"아뇨. 제가 한 게 있나요?"

직접 겪어 보니, 내 친척들은 나이에 비해 유능했고, 이번 일은 나 홀로 천상천하유아독존이 아니었다.

"글쎄?"

이진영은 빙긋 웃는 얼굴로 저 멀리 제니퍼의 뒷모습을 바라보았다.

"네가 단서를 주지 않았더라면 일이 이렇게 진행되지 않았겠지."

과찬이다.

샐러드 바 뷔페형 레스토랑의 이미지 자체는 제니퍼의 머릿속에 어느 정도 구상을 갖추고 있었을 터.

나로선 제니퍼가 구상한 패밀리 레스토랑을 아직 시기상조라고 여기며 저어하고 있던 터였고, 이번 결행은 그녀의 의지와 맞물리며 이를 실행하게끔 했으므로.

나는 긍정도 부정도 하지 않고 자리에서 일어섰다.

"시간도 늦었는데, 이제 정리하시죠."

"흠…… 그래."

이진영이며 허상윤과 함께 적당히 의자를 정리하려고 하는데, 제니퍼가 불쑥 말을 꺼냈다.

"아, 그래. 우리, 리서치 겸 저녁이라도 함께 먹을까? 별다른 약속은 없지?"

"아, 예……. 뭐."

거절할 명분도 없고, 타당성도 있어서 나는 고개를 끄덕이려다가.

따르릉.

때마침 주머니 속의 핸드폰이 울렸다.

"응?"

"실례합니다. 잠시 전화 좀 받고 올게요."

"오올, 핸드폰도 있어? 제법인데. 혹시 여자 친구?"

나는 제니퍼의 놀려 대는 말을 무시하며 구석으로 가 전화를 받았다.

"여보세요."

─오빠! 성진이 오빠!

받고 보니, 울먹이는 여자애 목소리였다.

"……성아니?"

─응! 응! 저기, 할아버지, 아니 회장님이…….

"……."

수화기 너머 들리는 한성아의 목소리를 들으며, 나는 피가 싸늘하게 식는 것을 느꼈다.

'이휘철이 쓰러진 건가?'

원래는 이 시기가 아닌데.

이휘철이 쓰러지는 건, 원래대로라면 좀 더 나중의 일이어야 했다.

'……제길.'

미래는 나도 예측하지 못한 방향으로 바뀌고 있었다.

나는 택시를 잡아타고 빠르게 집으로 돌아왔다.

"어떻게 된 거야?"

"오빠……."

집안 공기가 무겁게 가라앉아 있었다.

안동댁을 비롯한 고용인들은 안절부절못하는 모습이었고, 울먹이는 한성아 곁엔 멍한 얼굴의 한성진이 소파에 가만히 앉아 있다가 일어섰다.

"왔어……?"

"응. 할아버지가 쓰러지셨다면서."

안달복달못하며 갈피를 잡지 못하고 있는 한성아와 달리, 한성진은 그나마 상대적으로 의연한 태도였다.

"맞아. 너 오기 직전에 병원으로 긴급 이송되셨어."

"……."

"자세한 건 나도 잘 몰라."

전생에 있었던 이휘철의 사인은 급성 심근경색이었다.

나는 거실 주위를 살폈다.

거실 바닥에는 내가 해외에서 구해 온 AED 기기가 널브러져 있었고, 내 시선을 의식한 한성진이 어깨를 움츠렸다.

"미안, 멋대로 사용해서. 나와 있는 대로 하긴 했는데……."

"……아니야, 이럴 때 쓰려고 준비해 둔 거니까. 그보다 다치진 않았지?"

"나야 뭐……."

경위는 알 수 없으나, 한성진은 급한 대로 AED를 사용해 응급조치를 취한 모양이었다.

지금으로선 한성진의 대처가 미래를 바꿀 수 있길 바랄 뿐.

'이휘철의 죽음 자체는 대비하고 있었지만……. 하필이면 내가 자리를 비운 사이에.'

불과 얼마 전까지만 해도 정력적인 움직임을 보여 왔던 이휘철이었다.

'이렇게 갑자기 쓰러질 줄은.'

나는 한성진으로부터 사정청취를 들을 수 있었다.

모처럼 일찍 귀가한 이휘철은 웬일로 거실에서 시간을 보냈고, 여느 때와 마찬가지로 '회장님' 하며 들러붙는 한성아와 놀아 주고 있었다.

그러던 이휘철은 어지럼증을 느끼더니 소파에 풀썩, 나무 토막처럼 쓰러졌고.

한성진은 한성아의 다급한 부름에 반쯤 본능적으로 방에 뛰어 올라가 AED를 가지고 내려왔다는 말을 전했다.

"영어는 잘 모르지만⋯⋯. 그림이 시키는 대로 따라 했어."

"잘했어."

들으니 할 수 있는 한도 내에선 최선의 조치를 취한 듯했다.

한성진의 이야기를 듣고 있으려니 잠시 후, 다급한 발걸음으로 이태석이 거실에 발을 들였다.

"아버지는?"

최 비서며 한익태와 함께 들어온 이태석은 창황한 감정을 냉정한 가면 아래 억누른 채 내게 물었다.

"아버지는 어떻게 되셨지?"

"병원으로 이송되셨다고 해요."

"⋯⋯그러냐."

그리고 이태석은 경직된 얼굴을 들어 거실을 둘러보더니, 내가 정리해 둔 AED로 시선을 향했다.

"성진이 네가 한 거냐."

"아뇨, 한성진이 했습니다."

"⋯⋯너는?"

"저는 일 때문에 잠시 바깥에……."

내 대답에 이태석이 욱하고 주먹을 불끈 쥐었다.

"너는 이 상황에……!"

하지만 이태석은 그 분노가 공연하다는 걸 깨닫곤 스르르, 주먹에 쥔 손에 힘을 풀었다.

"미안하다, 네게 화낼 일이 아닌데……. 방금 전 일은 잊어 주려무나."

이태석의 분노를 목도한 나는 기묘한 기분이었다.

사실, 내가 있건 말건 이휘철이 심근경색으로 쓰러졌다는 현재 상황 그 자체는 변함이 없다.

하지만 이태석의 그 스스로도 모를 분노 속에는 '어쩌면 이성진이 이 자리에 있었더라면' 하는 가정 속에서 나에 대한 가없는 신뢰가 심층 의식 기저에 깔려 있었단 의미이기도 했으므로.

'이번에 슬쩍 드러난 가면 안쪽을 엿본 것으로 만족해야 하나.'

뒤이어 이태석은 눈을 감고 심호흡을 하더니 냉정을 되찾곤 표정을 부드럽게 만들며 한성진을 보았다.

"네가 큰일을 했구나. 고맙다."

"아뇨…… AED 기기는 성진이가 구해 둔 건데요."

"……그래."

그사이, 통화를 마친 최 비서가 다가왔다.

"사장님, 회장님은 삼광병원에서 회복 중이시라고 합니다."

"음."

이태석은 서두르는 기색으로 몸을 돌렸다.

"다른 용태는?"

"혼수상태라는 이야기만 들었습니다. 그래도 초동 대처가 훌륭해서 낙관적이라는 말을……."

이태석이 최 비서의 말을 끊었다.

"일단 움직이지. 한 기사님, 차를 대기시켜 주십시오."

한익태는 짧게 고개를 끄덕이곤, 한성진 남매와 한 번씩 눈을 맞춘 뒤 거실을 빠져나갔다.

"성진아."

이태석이 나를 보았다.

"너도 가자."

"예."

"그리고…… 한군도."

한성진은 어리둥절한 얼굴로, 하지만 다소 불안감이 깃든 눈빛을 한 채 조심조심 고개를 끄덕였다.

"……네. 성아는 집 보고 있어. 알았지?"

한성아는 눈가를 훔치며 힘차게 고개를 끄덕였다.

"응."

나는 한성진이며 최 비서와 함께 뒷좌석에 탔고, 이태석이 조수석에 올라타자마자 한익태가 차를 몰았다.

병원으로 가는 차 안은 적막했다.

이태석은 아무런 말도 하지 않았고, 한성진은 자신이 무슨 잘못을 저지르기라도 한 양 조금 불안해하고 있어서, 나는 그 손등을 가만히 두드려 주었다.

"괜찮아."

"……그래도."

"네 탓을 할 사람은 아무도 없어."

"……응."

전용 지하 주차장에 차를 댄 뒤, 우리는 급하게 호출된 경호원들이 경비를 서고 있는 삼광병원 VIP 병실로 향했다.

'아직 기자들은 오지 않은 모양이군. 그것도 시간문제겠지만.'

경호원들은 이태석을 알아보자마자 적당히 자리를 비켜 주었고, 이태석은 앞장서서 병실 문을 열었다.

병원 특유의 소독된 청결함이 코를 훅 찌르는 그곳엔 호흡기며 생명 유지 장치를 주렁주렁 매단 이휘철이 병상에 누워 있었다.

"태석아."

하얀 가운을 걸친 의사가 이태석을 반겼지만, 이태석은 뚜벅뚜벅 이휘철이 누운 병상 곁으로 가서 노인을 가만히 내려다보았다.

"……아버지 용태는?"

"안정기야."

의사는 담담한 얼굴로 대꾸했다.

"다만 언제 깨어나실지는……. 장담을 못 하겠군."

"……."

"그래도 초동 대처가 좋았어. 이런 병은 골든타임에 어떻게 하느냐에 따라 생사가 오가거든. 들으니까 AED를 사용한 거 같다던데."

"아, 그래."

이태석은 애써 담담하게 대꾸하며, 내 곁에 바짝 붙어 서 있던 한성진의 어깨에 손을 올렸다.

"이 애가 했다더군."

한성진은 그 손길에 움찔하며 허리를 꼿꼿이 폈다.

"하, 한성진입니다."

"오호, 너구나?"

"……."

"긴장할 거 없어."

의사가 빙긋 웃었다.

"그래, 주치의로 계신 최 교수님에게 지나가듯 들은 거 같긴 해. 네 아들 또래랑 같이 산댔지. 그러고 보니까 자네 아들 이름이……."

말하면서 내게로 시선을 옮기기에, 나는 정중하게 그 말을 받았다.

"이성진입니다."

"맞아. 옆에 있는 애랑 동명이인이라고. 기억났다. 아, 그렇지. 나는 신용주야."

신용주.

'아직은 원장이 아닌 외과장의 위치에 있지만.'

그는 나중엔 서울삼광병원의 원장이 되는 남자다.

더욱이 신용주는 이태석의 지우이자 국내에선 손가락에 꼽을 만큼 실력 있는 의사였다.

또, 거기엔 전생의 이성진이 끼어들 일도, 끼어들 만한 여지도 없었다.

'……의료 쪽은 또 별개의 생태계를 구축하고 있으니, 나도 어지간하면 개입하고 싶지 않아.'

그런 만큼, 나와는 전생에도 이렇다 할 접점이 없던 사람이었다.

그는 전생, 이태석이 쓰러지고 이성진이 경영자로서 자질을 의심받고 있을 때에도 철저히 중립을 유지했다.

'그게 친구 아들을 향한 정인지, 아니면 그 기회에 의료 법인을 분리해 버리고자 했던 것인지는 모르겠군.'

신용주가 고개를 돌려 한성진을 보았다.

"그건 그렇고, 집에 AED가 있는 것까지는 그렇다 치는데, 초동대처를 잘해 줬어. 너, 혹시 이쪽에 관심이 있는 거냐? 장래 희망이 의사라거나……."

아직 이휘철의 용태가 어떻게 될지 모르는 상황에 칭찬이
라니.

한성진도 그런, 다소 막무가내인 신용주의 태도에 당황해
어쩔 줄 몰라 하며 나를 힐끗 살폈다가 조심스럽게 대답했다.

"아뇨, 저는 성진이가 하라는 대로……. 그게, 그 AED 기
계도 성진이가 사 둔 거예요."

그 말에 이태석은 눈을 가늘게 떴고, 신용주는 흥미로워하
며 나를 돌아보았다.

"네가?"

"예. ……아직 한국에선 설치가 의무화되지 않았지만, 한
대쯤 집에 있으면 좋겠단 생각에서."

"흐으음, 그거 참 귀감이 될 법한 발언인데."

그즈음해서 잠자코 있던 이태석이 끼어들었다.

"그럼 아버지가 언제쯤 깨어나실지 모른다는 건가?"

"응? 아, 그래."

신용주는 병상에 누운 이휘철을 힐끗 보며 말을 이었다.

"남은 건 자네 아버지의 의지에 맡길 수밖에. 그래도 그
어르신이니, 금세 일어나실 거야. 이렇다 할 지병이 있던 분
도 아니니."

신용주는 퍽 낙관적인 입장을 내놓았으나, 이태석의 안색
은 좋지 않았다.

"……그러냐."

뒤이어 짧은 생각에 잠겼던 이태석은 이휘철의 손을 꾹 쥐었다가 놓곤 신용주를 보았다.

"사흘."

"응?"

"사흘만 단속을 부탁하지. 언론이든 뭐든, 알아차리지 못하게 해 줘."

　그 말에 신용주는 진지한 얼굴로 고개를 끄덕였다.

"음. 원장님과 이야기해 볼게."

"좋아. 다음은."

　이태석은 이 상황에도 제법 빠르게 냉정을 되찾고, 앞으로의 일을 모색하기 위한 작전 단계에 돌입한 듯했다.

"최 비서, 자네는 애들을 집에 바래다주고 오게."

"예."

　최 비서가 움직이려는 그때, 나는 그 틈에 끼어들었다.

"그냥 저희끼리 택시 타고 돌아갈게요."

"……그래."

　이태석이 짧게 고개를 끄덕였다.

　이휘철이 혼수상태에 빠졌으니, 이태석으로선 해야 할 일이 많을 터였다.

'물밑 작업을 시작해야겠지.'

　그런 상황에 최 비서며 한익태가 우리를 바래다주는 일로 시간을 허비하게 할 수는 없었다.

'기껍지 않은 상황에 닥쳤군.'

전생엔 이태석이 오랜 혼수상태에 빠지는 바람에 삼광 그룹 내부가 혼란스러워졌다.

그리고 이번에도 역시, 그룹의 리더가 죽은 것도 아니고 산 것도 아닌 상태에 놓였다.

'차이점이라면, 그 계승권자가 망나니 이성진이 아닌 이태석이라는 부분이지.'

한편으론.

'전생에서 있었던 것처럼 차라리 이휘철이 죽었다면, 상황은 내가 아는 그대로 흘러갔겠지만…….'

원래대로라면 삼광 그룹의 오너인 이휘철의 사후, 그 유언대로 약간의 진통 끝에 이태석으로의 승계가 이루어진다.

하지만 이휘철이 혼수상태에 돌입한 것으로 인해 상황은 급변했다. 더군다나.

'이태석의 사촌이자 이성진의 당숙들.'

원래라면 이 집안에서 터부시되던 이휘찬이 남기고 간 골칫덩이 자제들이었으나.

이휘철이 생일 때 한 발언으로 그들의 경영권에 명분은 공고해진 상황이었다.

'이 기회에 주주들이 그 친척들과 손을 잡고서 이태석을 끌어내릴지도 모르고…… 어쩌면 이 일을 계기로 내가 아는 삼광이 아니게 될지도 모르겠군.'

이 상황, 이태석이 보유한 삼광의 지분도 적잖이 있으나 압도적인 것은 아니었다.

'지금처럼 오너 경영 체제가 아닌, 전문 경영인 체제로 돌입하게 될지도 모르지.'

그건, 이태석이 하는 나름일 것이다.

'그는 이 상황에서 어떻게 대처할까.'

능력 면에서야 모두의 인정을 받고 있는 이태석이지만, 그는 아직 30대 후반에 불과한 젊은 경영인이었다.

유교적 관념이 뿌리 깊은 이 나라, 이 시대에 이태석은 그 자질과 관계없이 외부적 요인만으로도 무너져 내릴 수 있었다.

'내 개인으로 한정하자면 전화위복이 될 수도 있고.'

내게서 삼광의 이름이 떨어져 나간다면, 언젠가 올지도 모를 암살에서도 안전해지지 않을까…….

'아니, 장담할 수는 없지. 어쩌면 그때가 좀 더 일찍 오게 될지도.'

나는 병석에 누운 이휘철을 바라보았다.

'그래도 되도록 깨어나 주십시오.'

이휘철이 깨어난다면.

내 계획은 좀 더 앞으로 확장할 수 있게 될 테니까.

4장

1994년 연말, 황금기를 구가하는 대한민국은 거리에 연신 캐럴이 울려 퍼지고 새로운 해를 그 나름의 희망을 품은 채 맞이하려 하고 있었다.

하지만 그런 대중 일반의 분위기와 달리, 삼광의 이씨 일가 내부는 뒤숭숭했다.

그룹 총수인 이휘철이 쓰러진 지 사흘이 지나자, 언론에서는 기다렸다는 듯 이휘철의 병환을 일시에 보도하기 시작했다.

그 바람에 삼광 그룹의 주가는 하락세에 접어들고, 이태석은 머지않아 찾아 올 임시 주주총회를 준비하느라 하루에 3시간 이상을 자지 못했다.

「할아버지는 금방 일어나실 거니까, 걱정할 것 없어.」

사모는 그렇게 말했지만, 매사 낙천적인 사모조차 스스로의 발언에 확신이 없는 눈치였다.

병원에서 발표한 것과 달리, 모두가 이휘철의 죽음이 머지않았고, 또 그 죽음을 기정사실로 삼고 있는 와중에 임원들이 움직임을 보이고 있었다.

보유 중인 삼광의 주식을 처분하는 이도 있었고, 시장에 흘러나온 주식을 되는대로 긁어모으는 이도 있었다.

그 바람에 나 역시, 벌여 놓은 일을 수습해야 할 상황에서 잠시 업무가 일시 정지, 소강상태에 머물렀다.

「상황이 그렇게 됐으니 시저스 건은 우리가 알아서 하고 있을게. 어차피 처음부터 그러려고 했고.」

제니퍼로부터 배려인지 아닌지 모를 통보를 받았고.

「용산 건은 이쪽 선에서 처리할 수 있어. 어차피 슬슬 마무리 단계인데. 네가, 아니 사장님이 말했던 리듬 게임은 이제 막 특허 심의에 들어갔고요.」

조인영 또한 그런 말을 전해 왔다.

「캐럴 음반 발매 팬 사인회 요청이 왔는데……. 취소할까?」

게다가 나이에 어울리지 않게, 윤아름은 그런 걸 물어봤지만, 나는 신경 쓸 것 없다고 전해 두었다.

「누님은 물 들어올 때 노 저어 둬야지.」
「너, 정말……. 어휴, 됐다. 말을 말아야지.」

의외인 건 한성진이었다.

AED 기기를 사용해 이휘철을 구했던 한성진은 이휘철의 혼수상태가 길어지자 한동안 침울해 있다가, 요즘엔 도서관에서 의학 관련 서적을 구해다 보는 중이었다.

'그건 그렇고.'

나는 본의 아니게 모처럼 혼자만의 시간을 보내게 되었다.

'암만 나 없이도 일이 굴러가게 해 뒀다지만, 다들 조심스럽네.'

다들 그런 식으로 배려해 주고 있었지만, 정작 나는 나 스스로도 놀랄 만큼 냉정했다.

'제법 친밀하긴 했지만 엄밀히 따지고 들면 친조부도 아니고.'

아니, 그런 것을 제외하더라도.

'……'

나 스스로의 냉정함은 어딘지 이상할 지경이었다.

'생각해 보면 이번 생에 들어, 극적인 감정의 동요가 있었던 적이 없는 것 같아.'

바쁘게 돌아가던 일상에서 잠시 벗어나 혼자가 되니, 공연한 생각만 자꾸 떠올랐다.

'……그래, 산 사람은 살아야지. 남들처럼 떠들썩한 연말을 보낼 수는 없겠지만, 그래도 일은 해야 해.'

나는 이휘철의 사망과 그의 생존 또는 이도저도 아닌 현 상황의 지속 중에서.

이휘철의 생존에 내가 가진 것을 걸어 보기로 했다.

'지금은 내가 가진 지분을 늘릴 때야. 설령 이휘철이 작고 한다고 하더라도, 한동안은 괜찮지.'

지금은 상황이 여의치 않아 잠시 삐끗하곤 있지만, 삼광은 그래도 우량주로 평가받는 주식 중 하나였다.

오히려 IMF가 터지기 전인 이런 상황에 이휘철이 쓰러진 것이 불행 중 다행이라고 할 정도.

나는 유상훈을 시켜 지분 전쟁에 뛰어들게 했다.

마침 윤아름과 한킴, 게임 퍼블리싱을 통한 캐시 카우가 조금씩 내 수중으로 흘러 들어오고 있었다.

어찌 됐건 연말은 소비며 지출이 늘어나는 때니, 만들어 둔 것은 뭐든 팔아 치워 현금을 바짝 당겨 올 수 있는 시기였다.

"연말 패키지 상품을 기획해 보세요."

예의 카페에서 오랜만에 만난 남경민 책임은 내 말에 담담한 얼굴로 고개를 끄덕였다.

"예, 조금 어렵겠지만…… 추진해 보겠습니다."

"본사 쪽은 어수선한 모양이군요."

"……."

남경민을 비롯한 SJ컴퍼니의 멀티미디어 사업부 출신들은 아직 삼광전자에 사무실을 잡은 상태였다.

'아무래도 임직원들은 그 분위기에 예민한 것 같군.'

남경민은 커피를 한 모금 마셨다가 내려놓았다.

"다소간은요."

"환경이 업무에 지장을 주고 있다면 임시로 자리를 마련해 드리겠습니다."

"그렇지는 않습니다. 그저……."

남경민은 무언가 말하려다가 쓴웃음을 지으며 입을 다물었다.

"아닙니다. 아, 그리고."

남경민이 서류를 꺼내 탁자 위로 놓았다.

"퀄컴 측에서 연락이 왔습니다. 저희 삼광전자 측과의 통신칩 OEM 계약을 긍정적으로 검토해 본다고 하더군요."

이 와중 그나마 다행인 소식이었다.

"다만…… 사장님께 이런 말씀을 드려도 될지는 모르겠습니다."

"뭔가요?"

"아직은 들리는 소문뿐이긴 합니다만."

잠시 뜸을 들인 남경민은 신중하게 말을 이었다.

"퀄컴 내부에선 회장님의 병환 때문에 계약을 신중히 검토해야 한다는 이야기가 있습니다."

"흐음."

"이번 계약에 관해 금일이나 한대 측에서 관심을 보이고 있단 이야기도 있고요."

원래라면 퀄컴에 별 관심을 보이지 않고 넘어갔을 금일이나 한대에서도 이번 삼광의 계약으로 말미암아 떡밥 주위로 몰려드는 모양이었다.

나는 고개를 끄덕였다.

"이번 계약은 회장님과 무관하게 진행되는 일이란 걸 주지시켜 줄 필요가 있겠군요."

"……예."

"설령 할아버지가 잘못되신다 하더라도 이는 아버지 선에서 진행되던 일입니다."

"……."

"마침 잘됐군요. 오히려 상황이 바뀌기 전에 이쪽과 정식으로 계약을 채결하는 편이 좋을 거라는 말을 전해 주세요."

"……."

나를 보는 남경민의 표정이 묘했다.

"다른 하실 말씀이라도?"

"……아뇨."

남경민은 당황하며 고개를 저었다.

"퀄컴 건은 말씀하신 대로 추진해 보겠습니다."

"그럼 부탁드리겠습니다."

그쯤해서 자리를 정리하고 일어서려는데, 남경민이 말을 붙였다.

"사장님"

"예?"

"괜찮으십니까."

"뭐가요?"

"……회장님께서 중환이시라고……."

남경민의 말에 나는 무슨 표정을 지어야 할지 잠시 고민했다가, 그럴 필요가 없다는 생각에 고개를 저었다.

'일반적으로 대응하면 돼.'

그는 방금 전부터 줄곧 업무 관계를 떠나 사적인 영역에서 나를 염려하고 있다는 것도 깨달아서, 일부러 미소를 지어 보였다.

"티벳 속담에 이런 말이 있더군요. '걱정을 한다고 해서 걱정이 없어지면, 이 세상엔 걱정이 없을 것이다' 라고요."

"……."

"저희는 그러니 할 수 있는 선에서 최선을 다하기만 하면 될 뿐입니다. 그렇죠?"

"말씀대로입니다. 하지만⋯⋯."

남경민은 무언가 말을 이으려 주저하다가 마지못해 고개를 끄덕였다.

"⋯⋯예. 맡기신 일은 문제없이 수행하겠습니다."

남경민과 작별한 뒤, 나는 캐럴이 울려 퍼지는 1994년 서울의 하늘을 올려다보았다.

희끄무레한 구름이 얕게 깔린 하늘에선 하나둘, 볼품없는 싸라기눈을 떨어트리고 있었다.

'첫 눈인가.'

이 세계로 온 지도 벌써 몇 달이 흘러, 어느덧 94년의 끝자락을 바라보고 있었다.

나는 남경민이 나를 보던 시선을 머릿속에 다시 그렸다.

'어쩌면 이휘철의 병세와 관련해 너무 태연해 보이고 있는 건지도 모르겠군.'

관련해서 조금, 염려하는 척이라도 해야겠다는 생각을 했다.

나는 7층 SJ엔터테인먼트 내부에 사무실을 두고 있었다.

나로선 제법 오랜만에 다시 찾은 사무실엔 이제 완전히 소속을 바꿔 내 개인 비서가 되어 있는 윤선희가 책상에 붙어 업무를 보고 있었다.

　"안녕하세요."

　윤선희는 비서 일을 겸하며 삼광장학재단에서 해 오던 일을 이어받아 병행하고 있었다.

　"어머, 성진 군……아니, 사장님."

　윤선희는 내가 올 줄 몰랐다는 듯, 화들짝 놀라며 나를 보았다.

　"어쩐 일이세요?"

　"……출근한 건데요. 왜요?"

　"아뇨. 뭐어."

　윤선희가 머리를 귀 뒤로 쓸어 넘겼다.

　"마침 사장님께 보낼 이메일을 쓰고 있었거든요. 그냥 구두 보고로 해 드릴까요?"

　나는 코트를 옷걸이에 걸으며 고개를 끄덕였다.

　"네. 그렇게 해 주세요."

　"알겠습니다. 우선 용산의 임대계약자를 찾아서 계약을 진행했습니다."

　"어떻게 잘 찾았네요?"

　"네. 그리고 용산 측에서 게임 잡지 측과 연동해 연말 행사를 시행하려고 한다는데……."

"그쪽 운영은 일임해 뒀습니다만."

"아, 예. 관련해선 이미 진행 중이라고 합니다. 제가 말씀 드린 건 사후 보고예요."

윤선희는 내 기대 이상으로 일을 잘 해내고 있었다.

'뭐, 삼광 본사의 전략기획실 소속 인물이니까.'

이렇듯 유능한 인재가 하나둘 내 아래에 모여드는 건 제법 고무적인 일이었다.

나는 사장석에 앉으며 빙긋 웃어 주었다.

"잘했어요. 어떤 내용이죠?"

"예. 페이지 전면 광고와 특집 기사 및 저희가 퍼블리싱하고 있는 게임 관련 내용의 인터뷰 요청이었습니다."

"괜찮네요. 그대로 진행하면 될 것 같습니다."

용산의 이미지 개선도 착실히 이루어지고 있었다.

나는 인맥이 닿아 있는 언론을 통해 용산 일대의 막장 호객꾼과 치안의 문제를 보도하게끔 하는 동시에 경찰서장이며 정진건 형사를 끌어들여 일대의 양아치들과 시정잡배들의 대대적인 단속에 들어간 상황이었다.

'언론에서 떠들어 대면, 공무원은 움직여야지.'

그 덕에 몇몇 구역은 제법 청정해졌고, 조인영이며 박건형이 입점한 상가는 조합원들의 지분을 과반수 이상을 득하여 가격 담합을 정가제에 가까운 수준까지 제어하기 시작했다.

"음."

윤선희가 책상에 놓인 서류를 뒤적였다.

"왠지 오늘따라 일거리가 밀려 있네요. 잠시만 기다려 주시겠어요?"

"예. 그렇게 하세요."

나는 잠시 윤선희가 분주하게 서류를 정리하는 모습을 보다가 생각난 김에 참견했다.

"실장님, 서류는 네 가지로 분류해 주세요. 시간이 급하고 중요한 것, 시간은 급하나 크게 중요하지 않은 것, 시간에 여유가 있고 중요한 것, 시간에 여유가 있으며 크게 중요하지도 않은 네 가지로. 각각 A, B, C, D로 분류해 제게 넘겨주세요."

내 말을 들은 윤선희는 하던 일을 멈추고 가만히 나를 쳐다보았다.

"왜요?"

"……아뇨. 새삼스러운 일이 생각났을 뿐입니다."

뭐, 보나 마나 내가 국민학생인 게 믿기질 않는다는 그런 생각이겠지.

'슬슬 인력 확충도 생각해 봐야겠어.'

나는 내년에 입주할 빌딩이 완성되면 대대적으로 인력 확충을 해야겠단 생각을 했다.

'……삼광과는 무관하게 자본 독립을 할 수 있어야 해.'

이번 일처럼, 삼광전자의 자회사라는 위치에 머물러 있다간 계속해서 외적 요인에 영향을 받게 될지도 모른다.

'그렇다고 해서 은행에 손을 벌리는 것도 조심스럽고.'

지금으로선 대한민국의 금리가 낮지만, 아무래도 아직껏 내 뇌리 속에는 IMF가 무게감 있게 자리를 잡고 있었다.

윤선희는 서류 더미에서 종이 뭉치를 한 움큼 꺼내 눈에 보이는 앞에 내려놓았다.

"그럼, A급 서류, 여기 있습니다."

"무슨 내용이죠?"

"소니 측에서 보낸 문서입니다. 플레이스테이션 출시와 더불어 이식 작품 납기를 서둘러 줬으면 한다고 하더군요."

아, 그렇지.

그사이 잠시 경황이 없어 챙기질 못했는데, 이번 12월 초 대망의 플레이스테이션이 출시되었다.

'지금은 일본에서만 출시했을 뿐이고, 글로벌 및 북미 쪽 은 내년 중순쯤에 발매를 개시할 텐데. 내 존재가 일정을 앞 당긴 모양이군.'

사막에서 물을 구하는 나그네처럼, 소니는 자사의 게임기 에 투입할 서드 파티를 긁어모았다.

그리고 우리 SJ소프트웨어 측은 그 갈급한 상황에 제법 적 잖은 반사이익을 보고 있는 중이었다.

"계약서를 검토해 봐야겠군요."

"준비해 됐습니다."

"좋아요."

잘만 하면 재계약 협상 때, 우리에게 좀 더 유리한 방향으로 내용을 재조정할 수도 있으리라.

'플레이스테이션은 불티나게 팔릴 거야. 북미 측에 납품할 기기의 생산 지분을 삼광 측으로 끌어올 수도 있겠지.'

나는 서류에 코를 박고 이를 검토하기 시작했다.

이휘철이 혼수상태에 빠진 지도 어언 2주째.

가장 좋은 시나리오는 병상에 누운 이휘철이 의식을 회복하는 것이었겠지만, 일은 그렇게 쉽게 풀리진 않았다.

하이에나들은 벌써부터 주위를 서성이는 중이었다.

'한편으론 언젠가 겪어야 할 일……인가.'

삼광전자 본사의 임원 회의실.

무수한 임원이 모인 이곳, 이태석은 가운데 상석을 비워 둔 기다란 테이블 우측면에 앉아 그들이 떠들어 대는 양을 가만히 듣고 있었다.

"상황이 이꺼정 됐지만서도 경북 쪽 공장 확장은 예정대로 진행하셔야 하지 않겠소?"

"회장님이 부재하신 상황이 아닙니까? 이런 때에 사업 확장은 어불성설이지요."

"관련 사안은 회장님이 직접 재가하신 사항이오."

"그건 회장님이 계실 적의 이야기지요. 상황이 바뀌었습니다. 더욱이 관련 사항은 서면으로 공식 승인된 내용이 아닙니다."

이때다 싶어 저마다 도맡은 계열사의 경영 자율권을 행사하려 하는 자들도 있었고.

"애당초 삼광전자 내부에 네트워크 사업부가 있는 형국입니다만, 별도의 계열사를 두고 운영하는 까닭을 모르겠습니다."

"내 또 한마디 하겠소. 우째 우리 사업부가 개발한 응, 아이템이 저짝 아들이 가져간 겁니까. 이건 아니지."

"그게 왜 정 전무님네 아이템입니까? 당초 그 시작은……."

모처럼 붙여 둔 복수의 계열사는 이제 그 연결 고리를 끊어 내거나 사업 지분을 제 것으로 끌어들이려 시도했다.

"잠시 한 말씀 드려도 되겠습니까."

삼광전자의 부회장, 권인수가 자리에서 일어서자, 모두 입을 다물었다.

"회장님이 부재하신 작금의 상황에."

권인수가 일어선 채 주위를 둘러보며 말을 이었다.

"이렇듯 삼광전자 임원 여러분을 모신 까닭은 조직의 개편이나 재정비를 논하고자 함이 아니었습니다."

더러는 입을 다문 채 고개를 끄덕였고, 더러는 냉소적인 미소를 입가에 걸었으며, 더러는 묵묵부답으로 있는 이태석을 힐끔 쳐다보았다.

권인수.

그는 이휘철과 함께 고락을 함께하며 삼광전자를 키워 냈다는 자부심과 연륜, 명분을 겸비하고 있는 자였다.

그 권인수가 경영권 일부를 양도받으며 임원에 오른 건 이태석이 채 성장하기도 전이었고, 그런 만큼 기반이 튼튼했다.

"우리 삼광전자는 분명 회장님의 경영적 수완이며 그분의 카리스마에 지대한 영향을 받아 오는 기업이었습니다만, 그렇다 하더라도 한 사람의 힘만으로 운영되는 조직은 아니었습니다."

권인수는 부드러운 눈빛으로 좌중을 둘러보았다.

"회장님이 설계한 기반은 탄탄했고, 우리는 서로가……."

말하면서, 그는 깍지 낀 양손을 들어 올렸다.

"……톱니바퀴처럼 맞물려 움직이며 삼광전자라는 회사를 끌어 나가고 있습니다."

권인수가 손을 내리고.

"제가 드리고픈 말씀은."

그는 자연스럽게, 공석인 채로 있는 테이블 가운데로 발걸음을 옮기며 말을 이었고.

"회장님이 계획하신 일에 아무런 변경은 없을 것이란 겁니다."

또, 자연스럽게 그 선 자리에서 발언을 일단락했다.

"기존 사업부가 진행 중이던 사업은 존속하는 방향에서 진행토록 하고, 당분간은 상황을 두고 봅시다."

권인수는 보란 듯 이태석과 눈을 마주쳤다.

"조만간 회장님이 깨어나시면 모든 일은 원래대로 돌아갈 것이니 말이지요."

말 자체는 회장의 부재 시 제 역할에 충실한 부회장의 아무런 문제가 없는 발언이지만 자리에 그가 던진 말을 곧이곧대로 믿는 순진한 이는 아무도 없었다.

'능구렁이.'

눈에 또렷이 보이는 형태는 아니었으나 삼광 그룹 문제를 차치하더라도, 현재 삼광전자 내부만 하더라도 크게 두 파벌이 가지를 뻗어 둔 상태였다.

이태석은 자신을 바라보는 권인수를 가만히 응시했다.

'하나는 권인수를 중심으로 뭉친 파벌이지.'

무소불위의 권력자인 이휘철이 건재한 상황이었다면 이런 내부의 파벌 다툼 따위 있을 리 없겠으나.

지금은 삼광 그룹의 회장이자 삼광전자의 총수인 이휘철이 부재한 상황이었다.

그것도, '언제 죽을지 모를 혼수상태'로.

늙고 노련한 권인수가 제 파벌을 만들고 굳히는 방식은 단순했다.

'아무것도 하지 않는 것.'

모든 것이 이대로, 아무런 변화도 없이 흘러가게 내버려 둔다면 기득권을 유지하고 있는 기존 임원들에게 현 사태가 유리한 방향으로 굴러갈 것이라는 것쯤은 불 보듯 뻔한 이야기였다.

'현상 유지만 해도 그들의 고과엔 전혀 나쁠 것이 없으니까.'

임원이라고 한들, 결국은 계약직이다.

그들은 실적을 두고 분기별로 계약하며, 담당 사업부가 제대로 된 성과를 내지 못한다면 관련한 문책을 이사회에 회부, 얼마든지 계약 해지를 통보할 수 있는 것이 임원이라는 위태위태한 자리이기도 했다.

그런 상황이니.

권인수는 삼광전자의 창립 멤버를 중심으로 한 임원들을 자연스레 제 파벌로 포섭했고, 권인수의 파벌은 무성하게 그 곁가지를 키워 나갔다.

'예전부터 그럴 낌새는 보이고 있었지만.'

삼광전자의 부회장인 권인수는 이휘철이 쓰러지자마자 그 야욕을 드러냈으며, 이미 그 휘하의 임원들을 모아 세를 형성한 상황이었다.

'그에 반해 내 쪽은……..'

방금 전부터 불만스러운 얼굴이던 정수봉 전무이사가 자리에서 벌떡 일어섰다.

"내 한마디 해도 되겠소?"

그는 공단 현장 출신으로, 평사원 출신에서 임원의 자리까지 오른 입지전적인 인물이었다.

"거 경북 쪽 공단 확장은 회장님이 건재하실 적부터 이야기가 오가던 내용이었소. 이미 관련해서 준비도 마친 상황이었고……."

정수봉은 대놓고 씩씩거리진 않았으나, 목소리엔 울분을 억누른 낌새가 다분했다.

"이제는 서류에 도장만 쾅 하고 찍으면 다 끝나는 상황이었다, 이거 아닙니까. 한데 이제 와서 뭔 몸을 사릴 일이라고. 좋소, 말이 나온 김에 회장님의 계획하신 대로 일이 흘러가게 만드는 거, 그게 현상 유지가 아니면 뭐가 현상 유지란 말이오."

다른 하나는 이태석을 중심으로 뭉친, 최근에 그 영향을 키워 가고 있는 신흥 세력.

이마저도 원래는 이휘철의 후광을 통해 얻은 구성이 대부분이었으나……

정수봉의 발언을 맞은편에 앉은 임원이 받았다.

"말장난은 그만두시죠."

"뭐요?"

"회장님이 부재하신 상황입니다. 회사가 어떤 방향으로 가야 할지 모를 상황에 그런 대규모 예산이 드는 일을 진행하는 건 재고해 봐야 할 일이 아니겠습니까."

……이마저도 이휘철이 두문불출한 상황이 되면서부턴 하나둘, 권인수 휘하에 흡수되는 눈치였다.

정수봉이 입가를 씰룩였다.

"말장난은 그쪽이 하는 거 아니오, 임 상무? 현상 유지라고 하는 건, 그거요, 심장이 온몸에 피를 돌게 하듯이 기업도 계속해서 움직여야 쓸 일이오. 그런데 지금 댁들이 하는 건 현상 유지라는 이름으로 동면 중인 곰마냥 가만히 앉아 아무것도 하지 않으려는 거뿐이오."

"공장 가동을 멈춘 것이 아니지 않습니까. 그리고 말씀을 조심하시지요. 그쪽이니 댁네니 하는 말씀은 품위가 없습니다."

"하! 입은 비뚤어져도 말은 똑바로 해야지. 내 말을 곡해하는 건 댁네가 아니오들?"

결국 이태석 주위엔 그가 회사에 들어온 뒤 키워 온 신흥 사업부와 비교적 젊은 임원들을 중심으로 뭉쳤고, 그 힘은 권인수에 비해 미약하였다.

그마저도 애사심, 충성심이라는 막연한 이야기로 포장해 꾸릴 수만은 없는 것으로, 이태석의 파벌은 기존 기성 임원들에게 반발한 것에 불과했다.

정수봉이 이태석을 돌아보았다.

"사장님, 뭐라 한마디 해 주십쇼."

그 한마디에 모두 이태석을 쳐다보았고, 그는 깍지 낀 입매 아래 쓴웃음을 머금었다.

'……결국 이렇게 흘러갈 일이었나.'

이태석은 천천히 자리에서 일어섰다.

"지금은."

모두가 침묵한 채 이태석의 입에서 흘러나올 말만을 기다리고.

"상황을 지켜보도록 하겠습니다."

그 발언에 장내가 나직이 술렁였다.

더러는 이를 두고 사실상 이태석의 항복 선언이라 보는 이도 있었고, 그의 이도저도 아닌 대처를 두고서 실망하는 이도 있었다.

이태석은 그 분위기를 피부로 느끼며 말을 이었다.

"제가 상황을 두고 보자고 함은, 회장님이 계획하신 일만큼은 차질 없이 진행되어야 함을 뜻하는 겁니다."

술렁임이 멎었다.

"회장님이 자리를 비우신 지 고작 2주가 흘렀을 뿐입니다. 삼광전자는 분명 이휘철 회장님의 지휘하에 운영되는 기업이었습니다만, 그분의 부재함이 삼광전자라는 건고한 아성을 뒤흔들 만큼 부족한 회사는 아니었습니다."

거기엔 공석에서 보이던 이태석답지 않게 날 선 말이 은연 중 섞여 있었다.

"제 생각엔 무엇이 회사와 주주를 위한 방침인지 서로 생각해 보셔야 할 것 같군요. 마땅히 해야 할 것을 하지 않는 건 현상 유지가 아닌 답보이자 뒷걸음일 뿐입니다."

이어서 이태석은 아직도 회장석 언저리에 선 채로 있는 권인수를 슬쩍 쳐다보았다.

"일단 다들 제자리로 돌아가 착석해 주십시오."

권인수는 이태석의 시선을 피하지도 않고, 미소로 받으며 이태석의 맞은편 자리로 되돌아갔다.

"사장님 말씀이 맞습니다. 회장님이 계셨더라면 이런 이야기가 사안에 불을 붙일 까닭도 없었겠지요."

자연스럽게 바통을 넘겨받은 권인수는 상황을 정리했다.

"따라서 기존에 추진 중이던 사업은 변동 없이 진행하는 것으로 결행했으면 합니다. 정 전무님, 그러면 문제없겠지요?"

정수봉은 무어라 받아칠 말이 있다는 양 입을 옴씩이다가, 이태석의 시선을 받곤 마지못해 자리에 앉았다.

"제 말이 그겁니다."

"좋군요. 그럼."

그걸 신호로 모두 제자리에 착석했고, 권인수가 말을 이었다.

"다음 안건으로 넘어가 봅시다. 연말 결산에 따른……."

일단 급한 불은 껐지만.

이태석 역시도 이 상황에 변화를 향해 움직여야 함은 명백히 인지하고 있었다.

'방금은 찔러나 보자는 거였겠지.'

그건 비단 권인수 파벌에 집어삼켜지지 않기 위해서뿐만은 아니었다.

'언젠가는 맞서야 할 일이었어.'

하지만.

'그걸 어떻게…… 하느냐의 문제지.'

그렇게 삼광전자는 겉보기엔 아무런 문제도 없는 것처럼 흘러가고 있었다.

저마다의 야욕을 가슴에 품은 채로.

이태석이 외줄타기 같은 이사회를 마치고 사장실로 돌아오니.

"사장님, 손님이 오셨습니다."

비서가 그런 보고를 해 왔다.

"손님?"

"예. 삼광건설의 이태환 대표님이십니다. 오신 지는 이제

10분 정도 지났습니다."

"……."

이태석은 잠시 그 자리에서 멈춰 선 채 이 상황을 분석하려 애썼다.

'태환 형님이?'

삼광건설의 대표이사이자 이태석의 사촌 형.

그가 아무런 용건도 없이, 이렇듯 이사회 일정에 맞춰 칼같이 방문하진 않았을 것이다.

'……무슨 꿍꿍이일까.'

이태석은 짧은 생각을 마치고 고개를 끄덕였다.

"알겠습니다. 들어가 보죠."

"예. 아, 사장님 몫의 커피만 타서 들어갈까요? 이태환 대표님은 괜찮다고 사양하셔서."

이태석은 고개를 저었다.

"아뇨, 두 잔 부탁드리죠. 이태환 대표 몫은 설탕 두 스푼에 프림을 넣어서."

"네. 사장님 몫은 진하게 타 드리면 될까요?"

이태석은 미소 띤 얼굴로 비서의 말을 받았다.

"예. 평소보다 두 배로."

이 상황엔 아주 진한 커피가 필요할 것 같았다.

달각, 사장실 문을 열고 들어갔더니, 이태환은 사장실을 둘러보는 중이었다.

"오, 태석아."

이태환은 자연스럽게 고개를 돌렸고, 이태석은 짧은 묵례로 나이 차 많은 사촌에게 인사를 건넸다.

"죄송합니다, 회의가 길어져서."

"아니다. 연락도 없이 불쑥 찾아온 내 잘못이지. 지나가다가 얼굴이나 보려고 들렀다."

말은 그렇게 했지만, 그가 이태석을 기다린 시간은 고작 10분. 이사회 종료 시간에 맞춰 찾아온 것이 명백했다.

"여전히 수수하구나."

이태환은 사장실을 마저 둘러보며 중얼거리곤 비치된 소파에 앉았다.

"그래, 숙부님의 용태는 어떠하시냐."

"건강상의 문제는 없습니다."

"녀석, 뭐 숙부님이시니 금세 훌훌 털고 일어나시겠지. 워낙 정정하신 분이셨으니."

이휘철의 안부나 묻자고 찾아온 건 아닌 듯한데.

피차 이휘철의 용태는 어련히 꿰고 있을 터.

"예, 그러시겠죠."

"말이 나와서 하는 거지만, 숙부님이야 원체 정력적인 분이 아니셨느냐. 그분이 나보다 일찍 잠자리에 드시는 걸 본 적이 없을 정도니……. 지금은 밀린 잠을 몰아서 주무시는 거라고, 그렇게 생각하자꾸나."

이태환의 위로가 겉치레뿐만은 아닐 것이다.

냉혹 무비하다고 알려져 있는 이휘철이었지만, 그 눈높이의 기준에 맞는 인재에겐 그 뜻을 펼치게끔 지원을 아낌없이 베풀 줄 아는 인물이 이휘철이기도 했다.

더욱이 삼광 그룹 내 다른 계열사의 상황은 삼광전자와 달랐다.

생일 때 있었던 이휘찬의 존재를 긍정하고 그 위신을 드높여 준 그 발언으로 말미암아 그 사촌들이 경영하던 각종 계열사는 사실상 경영 독립의 명분을 누리는 와중이었고, 이태환을 비롯한 이휘찬의 직계는 켜켜이 쌓여 있던 콤플렉스를 탈피해 둔 상황이었다.

'아버지는 늦게나마 백부의 명예를 되찾아 주었으니.'

그와 맞물려 현재 삼광건설은 오롯이 이태환의 손 아래 놓인 상황이었다.

이태환은 그 연륜과 능력으로 회사 내 다른 파벌이 들어설 여지를 두지 않았고, 이휘철이 건재하던 시절에도 이미 절반 이상 경영권 독립을 이룩한 상황이었다.

'……조만간 있을 주주총회에서 회장직의 재신임 보결이 있겠지.'

이태환은 아마, 이휘철이 부재한 그 빈자리를 비집고 들어가리라.

이태석이 적당히 맞장구를 치며 상황을 살피는 사이, 비서가 커피 두 잔을 놓고 돌아갔다.

이태환은 커피를 한 모금 마신 뒤, 제 입맛에 딱 맞춘 커피 맛에 짧은 미소를 머금었다가 천천히 입을 뗐다.

"그래. 요즘 내 아들 녀석이 네 아들……."

"성진이 말씀입니까?"

"그래, 성진이. 얼마 전에 봤지. 네 아들인 성진이랑 뭔가 일을 하고 있다더군."

본론에 앞서 분위기를 가볍게 하려 꺼낸 말이었겠지만, 이태석은 금시초문이라는 듯 잠시 멍한 얼굴을 했다.

"그렇습니까?"

그 모습에 정작 이태환도 의외란 얼굴을 했다.

"뭐냐, 처음 듣는단 얼굴인데."

"음…… 녀석도 요즘 경황이 없어서 알리지 않은 모양입니다."

"흐으음."

이태석의 대답에서 이태환은 '부자간 사이가 좋지 않은 건가' 하고 짧게 생각했다가, 그렇지는 않을 거라고 결론을 내렸다.

이태환은 고개를 끄덕였다.

"뭐 별 대단한 일은 아니니까. 내 아들도 기웃거릴 정도잖은가?"

이태석은 자세를 고쳐 앉았다.

"성진이 녀석도 흉내나 내는 정도지요."

겸양을 더한 대답이었지만, 이태환은 그 스스로 자신의 아들인 이진영이 이성진에 비해 한 수 아래라는 것을 간단하게 인정하고 있었다.

이성진과는 최근 이휘철의 생일 때 짧게 얼굴을 보고 만 것이 고작이었지만, 시야 한구석으로 그 일거수일투족을 예의 주시하고 있던 차였다.

"하하, 흉내라니."

이태환이 웃음을 터뜨렸다.

"겸손도 과하면 독이야. 내 조카인 성진이 정도면 지금 당장 어디 내놓아도 부족할 것 없는 경영자로 꼽을 만하지. 그래."

이태석은 대답 대신 커피를 한 모금 마셨다.

그 간극을 비집고, 이태환이 웃음 띤 얼굴로 말을 이었다.

"뭐 어쨌든…… 듣자하니 저기 미라네 시댁 조카, 허상윤이랬나? 그 똥땡이에 해림식품의 차녀까지 끼워 간단한 레스토랑 사업을 할 모양이더군."

레스토랑이라니.

이태석은 그 아들이 이제는 별의별 일에 다 손을 댄다고 생각하는 한편.

'해림식품?'

그 대목에서 멈칫했다.

'해림식품이라고 하면 국내 냉동식품 유통업계에서 내로라하는 기업 아닌가.'

그뿐만 아니라, 해림식품은 최근 시내 번화가를 중심으로 확장일로에 놓인 편의점 사업을 비롯해 식품업계 전반에 걸쳐 제법 공격적인 확장 행보를 보이는 그룹이었다.

이성진이 제안했던 급식 수주 건이 궤도에 오르고 급식 일이 이태석의 손을 떠나 신화식품으로 이전된 뒤, 몇몇 분야에선 타 업체와 경쟁을 시도하고 있단 이야기를 들었던 터다.

그런 와중 가장 유력한 경쟁 기업인 해림식품 측과 모종의 제휴 중이라?

이태석은 이를 어떻게 해석해야 할지 갈피를 잡기가 힘들었다.

'이미 내 손을 떠난 일이니 아랑곳하진 않지만.'

이번 급식 관련해서 이성진이 가져온 성과는 결코 적지 않았다.

"해림식품의 차녀라 하면……."

이태석의 물음에 이태환이 담담히 답했다.

"음. 이름이 정금례였나, 그랬지. 얼마 전에 유학 다녀온."

전국적으로 실행되는 급식과 관련된 각종 집기며 기반 시설, 또 유통망을 확보하는 일까지, 삼광 그룹이 선점하기 시작하며 물산, 식품 부분에서 주목할 만한 성과가 있었으므로.

그럼에도 이성진이 보고를 하지 않은 것으로 보아, 아마 그 일은 그런 자질구레한 일은 이성진 자신의 선에서 처리할 수 있다는 확신이 있었거나 소규모였던 모양이었다.

'흠, 슬슬 내 손을 떠나 독자적인 사업을 하나둘 꾸려 나가려는 건가.'

더욱이 해림의 장남이나 장녀가 아닌 차녀와 함께하는 일이니, 자본이 탄탄하지는 않을 터.

짧은 생각을 마친 이태석은 가만히 자신을 보고 있는 이태환에게 말을 건넸다.

"그래도 친척들끼리 사이좋게 지내는 것 같아서 보기 좋군요."

"아무렴 다툼이 있는 것보단 훨씬 낫지. 우리처럼."

이태환은 너털웃음을 터뜨렸지만, 이태석은 그 말을 곧이곧대로 받아들이지는 않았다.

"그런데 정말 몰랐던 거냐?"

"웬만한 일은 성진이 녀석에게 일임해 둔 상황이어서요."

이태환은 이태석의 대답을 들으며 미소를 지었다.

하지만 그 미소 아래로, 이태환은 깊은 생각에 잠겼다.

'흐음. 진영이를 인질로 잡고 나를 좌지우지하려는 줄 알았는데. 어디까지가 허세인지 모르겠군.'

그러면서 이태환은 저번에 이휘철의 생일잔치 때 만났던

이성진을 떠올렸다.

'뭐, 제법 영특해 보이긴 했어. 하지만 어려도 너무 어리지…….'

이태환은 커피를 한 모금 마시며 생각을 정리했다.

'얼핏 들으면 그 대답이며 태도에서 말미암아 짐작건대 두 사람의 사업은 이제 그만큼이나 별개의 영역으로 독립되어 경영된다는 방증이겠지만.'

이태환은 생각했다.

'숙부님이나 태석이가 하는 말과는 달리, 조카를 앞세우곤 뒤에서 회사를 조종하고 있을 터야.'

이태환은 이태환대로, 이성진이 사장으로 있는 SJ컴퍼니를 사업 확장을 목적으로 설립된 삼광전자의 자회사로 오해하고 있었다.

'거기서 웬 뜬구름 잡듯 그룹은 손도 대지 않던 연예계 사업까지 벌이고. 아울러 급식 사업을 통해 물산, 식품, 나아가 건설까지. 태석이 녀석, 보란 듯 계열사를 통해 우리를 견제해 두곤 아직도 발뺌 중이라니.'

그리고 여차하는 순간, 자회사를 통해 마련한 지분과 이를 통한 제 살 깎아먹기로 발목을 붙잡을 여지도 있었다.

'이태석이 사람을 믿지 않는 건 숙부님과 똑 닮았군. 거리를 두며 사람을 관찰하던 그 아들 녀석도 마찬가지고.'

그러니.

'숙부님이나 태석이는 여차하면 자회사로 설립한 SJ컴퍼니 측으로 경영권을 옮길 여지도 충분해. 보험치곤 거하지만.'

물론 이는 이태환의 오해였지만, 결과적으론 이를 통해 이태환이 삼광전자에 개입하지 않게 만드는 덫으로 작용하고 말았다.

이태환은 그 스스로 오해를 품은 채, 그가 보기엔 영락없이 모른 척 잡아떼고만 있는 이태석에게 제안을 던졌다.

"태석아."

"예, 형님."

"조만간 그룹 차원의 주주총회가 예정되어 있지?"

"그렇습니다."

"그때 아마 회장직의 재신임 검토가 이루어질 거다. 너도 알다시피 숙부님의 용태와 무관하게 당장은 금치산 상태나 다름없으니 말이다."

그 말을 들으며 이태석은 속으로 쓴웃음을 지었다.

'슬슬 본론으로 들어가려는 건가.'

삼광전자 하나만 하더라도 정신이 없는 와중인데, 그룹의 모기업 차원까지 생각하는 건 그로서도 벅찬 일이었다.

거기서 이태환이 의외의 말을 이어 갔다.

"하지만 내부에선 그렇게 생각하지 않는 편이지."

"……무슨 말씀이신지."

"뭐, 이런저런 손을 합하면 관련 사안도 어느 정도 유예가 가능하지 않겠느냐는 의미다."

이태환의 제안은 의외였다.

"숙부님이 보유한 지분은 차치하고, 내 몫과 네 지분, 거기에 신화호텔과 신화식품을 가진 미라의 지분……."

이태환이 소파에 등을 기대며 말을 이었다.

"……더불어 국민연금 쪽이랑도 이야기를 통해 두면 이쪽의 발언권에 제법 힘이 실리지 않겠느냐."

쉽게 말해, 이태환은 동맹을 제안하고 있었다.

"……."

후룩, 이태석은 커피를 한 모금 마셨다.

그 표정엔 변화가 없었지만, 이태석은 그 솔깃한 제안에 적잖이 당혹하는 중이었다.

'어째서지?'

마음만 먹으면, 이태환이 삼광 그룹의 총수 자리에 앉는 것도 문제는 없을 것이다.

삼광 그룹의 매출은 삼광전자가 적잖은 비중을 차지하고 있는 게 사실이었으나, 삼광전자는 현재 손수 그 일처리를 도맡아 오던 이휘철의 부재로 어지러운 상황.

이런 절호의 기회에 집안 정리를 마친 삼광건설 측이 팔을 걷어붙이고 나서게 된다면, 삼광건설이 삼광의 대표 회사로 거듭나게 되는 것도 무리는 아닐 터.

그러잖아도 이태환이 이렇듯 이태석 본인을 찾아온 건, 인

사나 하려고가 아니다.

하지만 삼광건설의 이태환이 편을 들어 줄 줄은 몰랐기에, 이태석은 그의 합류 의사를 반기면서도 다른 한편으론 그 저의가 궁금했다.

'성수대교 건의 빚을 갚는 건가.'

올해 여름, 성수대교의 관리 책임을 맡고 있던 동화건설이 언론에서 떠들어 댄 부실공사 건으로 몰락하고 나서, 노른자 땅이던 분당 토목 건은 고스란히 경쟁 업체인 삼광건설의 몫으로 넘어왔다.

그래서 이태석은 이태환이 이번에 자신의 편을 들어 주려는 건 그 빚을 갚는 것이라 어림짐작하고 있었다.

'물론 공짜는 아니겠지만.'

이태환은 그런 이태석을 물끄러미 쳐다보며 천천히 입을 뗐다.

"대신이라고 하긴 뭣하지만, 너도 조금 손을 빌려줄 일이 있고."

역시.

이태석이 눈빛을 고쳤다.

"말씀하시죠."

이태환은 이태석의 시선을 자연스럽게 받아넘겼다.

"요즘 들어 줄곧 생각하던 건데…… 그룹 내에 계열사가 너무 우후죽순인 것 같지 않느냐?"

이태석은 자세를 바로 하며 이태환을 바라보았다.

"우후죽순이라고요?"

"뭐어, 너도 알다시피 몇 가지 사업은 서로 겹치는 부분도 없질 않지. 이번 경우도, 사실상 경영권이 다각화되며 일어난 일이고. 해서 말인데…….."

이태환이 빙긋 미소 띤 얼굴로 말을 이었다.

"나를 도와서 몇 가지, 합병을 해 보는 건 어떠냐."

이태환이 마각을 드러냈다.

이태석은 노골적인 제안을 던져 온 이태환을 보며 생각에 잠겼다.

'사실상 삼광 그룹 내부를 재정비하고자 하는 건가.'

살을 내주고, 뼈를 취할 수 있을지의 문제였다.

5장

집에 돌아오니, 이태석이 거실에 앉아 좀처럼 마시지 않던 위스키를 마시고 있었다.

"성진이냐."

틀어 놓은 TV에서 뉴스가 송출되고 있었지만 딱히 눈여겨 보는 것 같지는 않았고, 그저 적막한 소음이 싫어 마냥 내버려 둔 모양이었다.

나는 이태석의 안색을 살피며 인사를 건넸다.

"다녀왔습니다."

이태석은 내 인사를 고갯짓으로 받은 뒤, 온더락으로 타놓은 위스키를 한 모금 마셨다.

자기관리가 철저한 이태석이어서, 나는 전생과 현생을 통틀어 그가 취한 모습은 단 한 번도 보지 못했는데.

이번엔 왠지 그 얼굴이 제법 불콰해 보였다.

'방으로 올라갈까.'

내가 적당히 그를 지나쳐 가려는데, 이태석이 말을 붙였다.

"오늘은 무슨 일을 하다 온 게냐."

아무런 일 없이 올라가긴 그른 듯해서, 나는 별수 없이 이태석이 앉은 거실 소파 인근에 자리를 잡았다.

"밀린 서류 정리를 조금 했어요."

"서류 정리라……."

이태석이 픽하고 웃었다.

그 스스로가 생각하기에도 국민학생에 불과한 어린 아들의 입에서 서류 정리 운운하는 것이 나온 것이 우스웠던 모양이었다.

그렇다고 해서 '학생의 본분'을 트집 잡을 일도 없을 터.

나는 이번 생에 이성진의 몸을 빌리고부턴 전교 1등을 단한 번도 놓치지 않은 채 4학년 교과 과정을 마쳤으니까.

'……아니, 내 정신연령 수준에선 당연한 일이긴 하지만.'

이태석은 얼음이 남아 있는 크리스탈 잔에 위스키를 조금 더 따라 넣었다.

'거참, 좋은 술 마시네.'

이태석은 술을 한 모금 마신 뒤, 가만히 미소를 지은 채 나를 보았다.

"무슨 서류?"

평소와 달리 내 일에 제법 관심이 많아 보였다.

어쩌면 그 나름의 주사일까.

"······주로 용산에 자리 잡은 컴퓨터 조립 시장과 소니에서 온 계약서 재검토 건이었어요."

이태석이 고개를 끄덕였다.

"아, 그건 들었지. 나도."

왠지 모르게 '그건 들었다'고 하는 말엔 가시가 섞여 있는 듯했다.

"한데 두 가지 다 내가 물려준 멀티미디어 사업부의 근간을 부정하는 일이구나."

"······."

말 그대로, 두 가지 일은 이태석이 내게 물려준 멀티미디어 사업부의 근간을 이루고 있던 일—조립형 PC 사업과 세가 게임기 유통—에서 반대급부에 놓인 일이었다.

'애당초 멀티미디어 사업부는 컴퓨터 사업 진출차 만든 곳이고, 소니 건은 그가 열성을 다해 밀어붙였던 세가 측과의 협의를 저버리고 차지한 일이었으니.'

어쩌면 내가 하는 일은 그로 하여금 그가 이룩해 둔 업적 모두를 부정하는 것처럼 보일 여지도 있었다.

"뭐, 그게 어떻단 건 아니지만. 하하."

이태석은 그렇게 푸념을 늘어놓곤 다시 위스키를 한 모금 마셨다.

이태석이 술 마시는 걸 보고 있자니 미성년자라는 내 입장이 씁쓸했다.

명품은 디테일에서 온다고 하더니, 퇴근 후 편안한 복장으로 술 한 잔을 기울이는 이태석의 모습은 그 자체로 남성 잡지의 한 폭을 장식할 만큼 성공한 남자의 표본을 보이고 있었다.

이렇다 할 사치를 부리지 않는 성품이라곤 하나, 명색이 국내에서 내로라하는 재벌이다.

신경 써서 꾸미지 않아도 모든 것이 고급이고, 또 그 몸에 걸친 각 제품들은 고용인들에 의해 빈틈없이 관리되었으며 이는 몸에 밴 엄격한 교육과 어우러지며, 이태석이라고 하는 한 인간을 휴식 중에도 긴장의 끈을 완전히 놓치지 않은 인물로 완성시켰다.

그러다 보니, 나는 이번 생에 들어 간과하고 있던 것 몇 가지를 새삼스럽게 자각하고 있었다.

이 몸의 원래 주인인 이성진이 변한 것처럼, 내 행동의 변화로 한성진 남매를 비롯한 주변 인물들의 환경이며 상황이 변화하고 있었다.

나는 이러한 현상이 가져오는 파급과 결과에 대해 피상적인 현상만을 고려하고 있었는데, 지금처럼 갈팡질팡하는 이태석을 보며 나는 전생에 알고 있던 그와 사뭇 다른 면모를 느꼈다.

'왠지 내가 아는 이태석보다 좀 더 유약해진 것 같군.'

상황의 차이는 있으나.

'이휘철이 쓰러진 것 자체는 길든 짧든 시기상 큰 차이는 없어.'

전생에도 이태석은 젊은 나이에 오너로서 자질을 증명하고 검증받아야 했다.

그때도 한 지붕 아래 살긴 했으되 그 당시는 나도 어렸으므로 그가 어떤 과정을 거쳐 행동으로 자질을 증명했는지, 잘은 모른다.

하지만 후일 역사가 증명한 그의 행보는, 결과적으론 삼광전자의 앞날에 무척이나 바람직했다고 할 수 있었다.

그리고 이태석이 지금처럼 유약한 면모를 보이는 것은 이휘철의 생존 유무에 있을지도 모른다.

'마음가짐의 차이일까.'

이휘철의 사망이 기정사실인 상황에선 효력을 발휘하는 유언장이 있을 것이고, 또한 가장으로서 그가 짊어진 무게가 그의 결단력과 행동에 등을 떠밀었으리라.

그렇게 생각한다면, 지금의 이태석은 내가 알고 있던 '이휘철의 아들'이자 '삼광 그룹의 차기 오너'로서 보이는 모습보단, 오롯이 한 사람의 개인으로 남아 '인간 이태석'의 일면을 엿보게 해 주는 모습이었다.

'……설마, 내게 콤플렉스를 느끼고 있는 건가?'

방금 전의 주사 비슷한 푸념부터, 그는 스스로 하는 일에 확신이 사라지는 것처럼 보였다.

'원래라면 이 시기 삼광전자에 잔존해 있었을 멀티미디어 사업부의 결과물도 나쁘지 않은 상황이었을 테니.'

내가 보신을 위해 행했던 일 모두가 이태석의 자존심에 하나둘 스크래치를 남기며 그로 하여금 추진력이며 확신을 잃게 하고 있었다면.

'내 탓인가……?'

억측일 수도 있겠지만.

이휘철이라고 하는 희대의 걸물과 나라고 하는(물론 그가 알 턱이 없는 오해가 뒤섞여 있지만) 천재적인 아들 사이에서, 이태석은 그 스스로 자신을 지나치게 폄훼하고 있을는지도 모른다.

'생각해 보면, 현재의 이태석은 고작해야 30대 후반. 내가 죽었을 당시보다 더 어리지. 이 시대에서 요구하는 남성성이며 가장으로서의 자질은 내가 살던 시대에 비해 가혹하거나 불합리한 면이 없잖아 있었어.'

만일 이태석이 재벌가에 속한 사람이 아니라고 하면, 그 나이엔 보통 과장의 직함을 달고서 주택 융자금을 갚기 위해 하루하루를 쳇바퀴처럼 살아가고 있을 터였다.

그런 삶에도 고충은 있기 마련이지만, 이태석은 소위 말하는 '일반적인' 상황과 동떨어진 입장에서 그가 책임져야 할 수십만의 삼광 그룹 계열사 직원들을 어깨에 짊어진 채, 누구에게도 털어놓지 못할 고민을 홀로 감내하는 중이었다.

'지금은 내가 아는 삼광 그룹 회장 이태석이 아닌, 30대 후반에 중년의 위기를 맞이한 이태석을 마주해야 하는 건가.'

나는 천천히 입을 뗐다.

"그렇지 않아요."

"뭐가?"

"제가 하는 두 가지 일 모두, 멀티미디어 사업부가 없었더라면 할 수 없는 일이었으니까요."

"……."

나는 입을 다문 채 물끄러미 나를 쳐다보는 이태석에게 말을 이었다.

"용산의 일은 기존의 마이티 스테이션이 일류 프리미엄 브랜드를 가지고 있던 덕에 그 계기가 생겨났던 일이죠. 소니와의 협업이 원활하게 흘러가는 것 역시도 세가와 협업하며 쌓인 노하우가 있었기 때문이고요."

내 대답을 들은 이태석이 픽하고 웃었다.

"설마하니, 내 편을 들어주는 거냐?"

나는 이태석이 방금 한 말의 함의를 읽어 냈지만, 일부러 모른 척했다.

"네?"

"……그런 것과는 무관하게 네가 벌이고 있는 연예계 사업도 있을 텐데."

은근한 추궁이 섞인 그 말에 나는 어깨를 으쓱였다.

"그것도 따지고 보면 어머니의 영향이죠. 또 아버지께만 드리는 말씀이지만 아직 이렇다 할 성과를 자랑할 만한 단계도 아니고요."

내가 이태석을 위로하기 위해 꺼낸 말이긴 했으나, 반쯤은 사실이었다.

SJ엔터테인먼트의 경우 현재로선 윤아름과 공가희, 두 사람만이 소속된 단출한 회사였으므로.

이태석이 생각하는 것과 달리, 현재로선 재무제표에 가시적인 성과를 자랑할 만한 일은 그다지 많지 않다.

또, 현시점에서 내 회사가 기록하고 있는 흑자의 대부분은 멀티미디어 사업부에서 가져온 것들이 대부분인 것도 부정하기 어렵고.

이태석은 잠시 생각에 잠겨 있다가 위스키를 한 모금 마시곤 입을 열었다.

"들으니, 네 육촌인 진영이랑 뭔가 사업을 한다던데."

"……."

그건 또 어떻게 알았담.

의외로 이태석이 가진 정보 수집 창구도 제 역할을 한다는 생각에 다소 놀랐지만, 어차피 머지않아 알게 될 일이라는 생각에 나는 차분히 대답했다.

"그렇게 거창한 일은 아니에요."

"거창한 일이 아니다?"

"네. 진영이 형이 소개시켜 준 제니퍼란 누나랑 레스토랑을 하나 차리려고요. 뭐, 저는 거기에 약간의 조언만 해 줄 뿐이에요."

"……제니퍼?"

어리둥절하던 이태석은 미심쩍은 얼굴을 했다.

"제니퍼라니, 그런 이름이더냐?"

"사실 누가 봐도 한국인인데, 그렇게 불러 달라던데요."

내 말을 듣고 잠시 생각하던 이태석이 웃음을 터뜨렸다.

"하하하, 그래. 그거군. 제니퍼, 하하하! 이거 참, 요즘 애들은."

웃는 모습을 보니, 이태석도 대강 그녀가 왜 '제니퍼'라는 우습지도 않은 가명을 사용하고 있는지 눈치챈 모양이었다.

'아무래도 그녀에겐 정금례라는 본명에 일종의 콤플렉스가 있었던 거지. 나는 상관없는데.'

그래도 전후 사정을 꿰고 있을 이태석은 그와 관련해서 더는 따져 묻지 않았다.

"그래, 정…… 아니, 제니퍼란 이름의 누나와는 어떤 레스토랑을 운영할 셈이냐?"

"요즘 제법 주목받고 있는 패밀리 레스토랑을 하나 차려 볼까 해요."

"패밀리 레스토랑?"

이태석은 잠시 생각하더니 다시 입을 뗐다.

"해외 프랜차이즈를 들여 올 생각이냐?"

취중에도 제법 핵심을 짚어 내는 것으로 보아, 이태석은 이태석이었다.

"아뇨, 독자적인 브랜드를 만들어 볼 생각이에요. 지금으로선 차별점으로 샐러드 뷔페를 생각하고 있어요."

"샐러드 뷔페?"

아직 웰빙이니 뭐니 하는 개념이 확립되지 않은 시대여서 그런지, 이태석은 언짢은 기색을 드러냈다.

"나라면 굳이 찾아가고 싶지 않을 곳이구나."

"아, 물론 메인 메뉴는 별도로 주문을 받을 생각이에요. 아직 구체적인 내용은 협의가 이루어지지 않은 상황이지만, 무제한 리필되는 샐러드 뷔페를 중심으로 홍보할 예정이고요."

"아, 그렇구나. 제법…… 흠."

"제니퍼 누나와 상윤이 형의 아이디어예요."

"……그래?"

뭐, 단서는 내가 제공해 줬지만 구체적인 아이디어를 입 밖에 낸 건 제니퍼며 허상윤이었으니까.

빙긋 미소 지은 이태석은 위스키를 한 모금 마셨다.

"프랜차이즈화할 계획은?"

"물론 있어요."

"독자적인 브랜드라면 식자재 유통 관련해선 따로 준비를 해야 할 텐데. 대규모 물자 조달이 필요하지 않겠냐."

"그것도 생각해 둔 바가 있어요. 저희에겐 이미 급식 사업을 통해 마련해 둔 전국적인 유통망이 있지 않아요?"

내 대답을 들은 이태석은 움찔하더니 쓴웃음을 지었다.

"급식이라. 그래, 방과 후 교실과 더불어 그것도 네가 한 일이었지."

거, 아직도 꽁해 있긴.

나는 이태석이 시무룩해지기 전에 얼른 위로해 주었다.

"아뇨, 두 가지 일 모두 아버지가 다 하셨잖아요? 저는 한성아를 보고 생각난 문제점을 제안드렸을 뿐이에요."

"……흠."

이태석은 눈을 가늘게 뜨며 나를 쳐다보더니 불쑥 말을 던졌다.

"일가를 책임지는 사장 대 사장으로서 한 가지 물어보마."

사장 대 사장이라니.

나는 당황하지 않으려 애쓰며 그 말을 받았다.

"예? 아, 네."

"네가 지금 하고 있는 레스토랑 건은 일종의 동업이지. 거기서 네가 갖고 있는 지분은 대략 어느 정도냐?"

구체적인 조율은 아직 이루어지지 않았지만.

"20퍼센트 정도예요."

"너는 그 정도 선에서 만족하는 거냐?"

그 질문은 내 레스토랑 사업에 관해 궁금증이 일었다기보단, 그에게 닥친 현 상황과 관련한 메타포일 것이다.

나는 이태석의 의중을 헤아리며 신중하게 대답했다.

"모든 일에 신경을 쏟을 순 없잖아요?"

"음?"

"저는 제 지분만큼의 일을 하고, 관련한 전문적인 업무는 열정과 의지가 있는 사람에게 맡기는 것이 옳다고 봐요. 다른 모든 것을 책임져야 할 오너와 중간관리자의 입장은 다르기 마련이니까요."

"……."

이태석은 입을 일자로 굳게 다물더니 위스키 잔을 손가락으로 만지작거렸다.

생각에 잠긴 얼굴이었고, 그 생각은 침묵 속에 이루어졌다.

그 순간.

나는 언뜻, 내가 기억하고 있던 '이태석 회장'의 모습을 보았다.

내 대답으로 이태석의 안에서 어떤 결심이 섰던 것일까.

그는 입꼬리를 비틀며 미소를 지었다.

"그래, 네 말이 맞구나. 어디 한번 시도는 해 봐야겠지."

찰나인 데다가 편린에 불과했지만. 그럼에도 불구하고.

그 내면에서 중심을 잡고 있던 건 전생의 그 이태석이었으며, 동시에 나는 그로부터 이휘철을 처음 보았을 때처럼 사람을 옥죄는 기묘한 압력을 느낄 수 있었다.

"오늘은 늦었으니 그만 방에 올라가 보려무나."

"예, 아버지. 안녕히 주무세요."

나는 거실에 홀로 앉아 생각에 잠긴 이태석을 남겨 둔 뒤 방으로 올라갔다.

그리고 다음 날, 이태석은 행동에 들어갔다.

"끄응, 정말이지."

유선통신 사업부의 이세라 대리는 한숨을 푹푹 내쉬며 남경민의 책상에 커피 잔을 내려놓았다.

"자요, 커피."

남경민은 딱히 커피를 부탁하지도 않았는데 커피를 들고 찾아온 이세라를 보며, 다소 황망한 기분마저 느꼈다.

"제 겁니까?"

"안 그러면, 제가 두 잔이나 타겠어요?"

"……잘 마시겠습니다."

남경민은 떨떠름한 기색을 감추지도 않았지만 이세라는

그러거나 말거나 제 할 말을 늘어놓았다.

"전출 당시만 하더라도 남경민 책임님을 걱정했는데, 지금은 제 코가 석 자네요."

"이태석 사장님의 긴급 업무명령 때문이군요."

"네에. 정말이지, 연말연시에 VVIP 이슈라니."

후룩, 하고 커피를 한 모금 마신 이세라는 좌석 뒤에 놓인 간이 테이블 의자에 기대앉으며 한숨을 푹푹 내쉬었다.

"뭐, 윗선에서 지시가 떨어진 이상 저 같은 평사원은 따를 수밖에 없지만 말이에요."

주주총회의 방어전 이후 다시 업무로 복귀한 이태석은 사람을 시켜 삼광전자의 모든 재고 품목과 불량품 일체에 관련한 정보를 긁어모으기 시작했다.

「뿐만 아니라 서비스 센터에 보고된 모든 고객 불만 사항까지 모아서 내 책상 위에 올려 두십시오.」

회장인 이휘철이 쓰러진 것과 연말연시의 들뜬 분위기, 또 거기에 사장 이태석의 독자적인 명령과 맞물리며 삼광전자 내부의 분위기는 뒤숭숭했다.

각 사업부는 이 상황에 떨어진 이태석의 명령에 의아해하면서 긴장한 기색이 역력한 채 긴급 업무에 돌입했고, 고객 서비스 업무와 밀접한 관련이 있는 담당자들은 연일 야근을 불사해야 했다.

이세라가 탁자에 턱을 괴며 남경민을 불렀다.

"남경민 책임님."

"말씀하십시오."

"혹시 SJ컴퍼니에서 사람 뽑는단 이야기 없어요?"

"……."

"에이, 농담이에요 농담."

이세라는 웃으며 손을 저었다.

"뭐, 사실 바쁘기로는 남경민 책임님이 계신 SJ컴퍼니가 더하죠?"

"글쎄요."

남경민은 비록 SJ컴퍼니가 삼광전자의 자회사라곤 하나 업무 관련 이야기를 허물없이 털어놓을 생각은 없어서 대강 둘러댔다.

"그것도 다 업무 나름 아니겠습니까?"

"에이, 재미없게."

이세라가 툴툴거렸다.

"하긴, 남경민 책임님은 제가 사원 시절일 때부터 그러셨으니까 말예요."

"……제가 뭘요?"

"입이 무겁잖아요."

그렇게 말하며 이세라는 입에 지퍼를 채우는 동작을 보였다.

"남경민 책임님은 사수에게나 부사수에게나 할 것 없이 업무와 무관한 이야기라고 생각되면 잡담으로도 그런 말씀은 잘 안 하잖아요?"

"상황에 따라선 그럴 필요가 없다고 생각했을 뿐입니다. 먼저 입 밖에 낼 필요도 없고요."

"어머, 그러면 제가 노골적으로 뭔가 물어보면 제대로 답해 주실 거예요?"

"……질문 나름이겠죠."

남경민의 이러한 면모는 언뜻 일부러 주위와 선을 긋는 모습이라 할 수 있겠지만, 그가 보기와는 달리 제법 자상한 면모가 있다는 걸 이세라는 잘 알고 있었다.

이세라는 남경민의 몇 기쯤인가 공채 아래 기수였는데, 그는 업무에 관해선 칼 같은 성격인 만큼 여후배에게 집적거리는 일도 없었고, 함께 TF를 개설해 공동 작업을 할 때면 자신의 일이 아닌 타 부서의 업무도 적극적으로 협조하는 모습을 보여 왔다.

이세라는 자신을 물끄러미 쳐다보는 남경민을 보며 '크리스마스에 무슨 계획이 있는지' 묻고 싶었지만, 너무 노골적인 것 같아 생각을 고쳤다.

"이번 긴급 이슈 건에 마이티 스테이션도 포함되어 있나요?"

이세라의 물음에 남경민은 가볍게 고개를 저었다.

"음…… 아뇨. 하지만 자사의 로고가 부착된 키보드며 마우스, 모니터에 관해선 금형 개발부의 협조가 들어왔습니다."

"그렇군요. 저희는 유무선 전화기, 팩스 같은 것들이에요. 그래도 마이티 스테이션이 빠진 건 조금 의외네요?"

"컴퓨터는 부품의 집합체니까요. 설령 불량품이 나왔다고 하더라도, 이는 설치된 부품의 교환으로 가능한 일이고요."

남경민의 말을 들은 이세라는 잠시 생각에 잠겼다가 고개를 끄덕였다.

"그럼 이번 이슈에서 취합하는 제품은 어디까지나 삼광에서 생산과 유통을 도맡아 하는 제품군에 한해서군요. 으음, 하긴. 가전 사업부의 동기에게 들으니까 저희가 제작하지 않은 선풍기 같은 건 제외했다고 해요."

이세라가 고개를 갸웃하며 말을 이었다.

"사실 이 계절에 선풍기? 싶기도 하겠지만 품목엔 이월 상품인 에어컨도 포함되어 있고요. 그래서인지 서비스 센터 부서 쪽이 앓는 소릴 하고 있더라고요."

"음."

"게다가 그뿐만 아니라, 생산 현장에 라인 스톱까지 걸었더라고요. 으음, 이만저만 손해가 아닐 텐데."

남경민이 제법 흥미를 보이는 기색이자, 이세라는 다소 들뜬 어조로 말을 이었다.

"그리고 수원 사업장에 있는 대형 창고를 개방해서 수거한 불량품 일체를 한데 모으고 있다고 해요."

"……."

"무슨 일일까요? 연말 실적 부풀리기? 감세 목적?"

그럴 리가.

임시라곤 해도 어쨌건 주주총회도 끝난 마당인데.

이태석은 주주총회를 통해 제법 성공적으로 경영권 방어에 성공했고, 이로써 삼광전자 내부는 한시름 놓았다는 기색이 만연해 있었다.

그 와중 갑작스레 떨어진 긴급 업무명령이라니.

삼광전자 내부의 임직원들이 허둥지둥하며 당황하는 것도 이상한 일은 아니었다.

하지만 남경민은 이세라의 그 엉뚱한 추측이 자신의 대답을 유도하기 위해 꺼낸 것임을 알고서 자신의 생각을 밝힐지 말지 짧게 고민했다.

'단순히 외부 인력의 의견 개진이 필요한 거겠지.'

그래서 남경민은 자신이 추측한 바에 대해 입을 열었다.

"현재 이태석 사장님이 처한 입장에서 생각해 보면……."

"네."

"불량 품목을 일목요연하게 정리해서 관련자를 문책하려는 게 아닐까, 싶은데요."

남경민의 대답에 이세라가 눈을 깜빡였다.

"⋯⋯예?"

"그야, 이번에는 이태석 사장님이 대표이자 경영 책임자로서 보신에 성공하셨지만, 추후 있을 일에 관해서도 고려를 하셔야 할 테니까요. 이를 통해 관련 부서의 임원들을 상대로 미진한 부분을 지적하지 않을까싶군요. 어디까지나 제 생각일 뿐입니다만."

남경민의 의견을 들은 이세라는 안색을 딱딱하게 굳혔다.

"남경민 책임님도 그렇게 생각하셨군요."

"이세라 대리님도?"

"으음, 그런 느낌이 들어서요. 몇몇 부서에서는 어떻게든 불량품의 재고율을 줄이려 물밑 접촉을 시도하고 있단 이야기도 있고. 다만, 뜻대로 되지는 않은 모양이에요."

이세라가 귀밑머리를 뒤로 쓸어 넘겼다.

"뭐어, 서비스 사업부는 이태석 사장님 라인이라는 이야기도 있고, 관련 서류는 그쪽이 쥐고 있으니까요."

"⋯⋯."

이휘철이 쓰러지고 지금처럼 오너 경영이 위태로운 상황에서, 이태석은 삼광전자 내부의 기강을 다지려 하는 걸까.

자신의 라인에 속한 임원을 제 편으로 끌어들여 입지를 다지고, 반대파를 숙청하려는 것이라고 하면, 이해할 법하다.

'하지만 그래서야 적이 늘어날 뿐인데.'

남경민은 몇 차례 얼굴을 마주한 적 있던 이태석의 모습을 머릿속에 그려 보았다.

'더욱이 내가 알기로, 이번 불량품 생산엔 이태석의 파벌도 포함되어 있어. 설마 토사구팽? 흐음.'

그러면서 남경민은 여간해선 적을 만들지 않는, 그러면서 자신에게 쏘아질 화살은 다른 이를 앞세워 화살받이로 세우는 이성진을 생각했다.

'부자지간임에도 이렇게나 다른가.'

남경민은 어쩌면, 이대로라면 오히려 이태석의 입지가 위태로워질 수도 있겠단 생각을 했다.

"그래서 말인데요, 남경민 책임님."

"예."

"그쪽으로 이직하려면 어떤 걸 준비해야 하나요?"

"……."

"에이, 농담이에요, 농담. 두 번째지만."

이 상황에서도 그런 농담인가, 싶었더니 이세라는 억지웃음을 짓고 있었다.

"아, 커피 다 마셨네요. 그럼 전 이만 자리로 돌아가겠습니다."

"예, 살펴 가십시오."

이세라는 텅 빈 커피 잔을 들고 자리에서 일어섰다가 문득 생각났다는 듯이 몸을 돌렸다.

"아, 맞아. 남경민 책임님."

"예."

"혹시 크리스찬이세요?"

"……예?"

갑자기 종교를 묻기에 얼떨떨해하는 남경민을 앞에 두고, 이세라가 고개를 돌렸다.

"아니, 뭐, 크리스마스에 뭔가 하시나 해서요."

"……."

설마, 전도? 포교 활동?

남경민의 멀뚱한 시선을 받은 이세라는 다급히 고개를 돌렸다.

"아뇨, 아무것도 아니에요."

그날 있을지 모를 잔업이 걱정인가.

'이제는 부서뿐만 아니라 소속도 달라서 업무 이관도 힘들지. 안됐어.'

제자리로 돌아가는 이세라의 뒷모습을 보며, 남경민은 신앙 생활도 순탄치 않구나, 생각했다.

이태석의 긴급 업무명령은 '선택과 집중의 삼광'다운 면모를 보이며 빠르게 진행되었다.

어쨌건 삼광의 저력 중 하나는 자체적인 공채를 통한 유능한 임직원 확보와 체계적인 서류에 있었으므로, 내부는 다소간 부산스러운 면은 있었으나 막힘없이 완료되었다.

직원들 못지않게, 아니 어쩌면 삼광전자 내에서 가장 바쁜 사람일지 모를 이태석은 새벽부터 출근해 자리를 지키고 있었다.

사장실에 앉아 서류를 들여다보던 이태석은 비서의 호출기를 받았다.

-사장님. 손님이 도착하셨습니다.

그 보고에 이태석은 그제야 손목을 들어 시계를 보았다.

오후 4시.

'벌써 시간이 이렇게 됐나.'

그러고 보니 사장실 책상 위엔 점심 끼니나 때우러 가져다 놓은 샌드위치 표면이 겨울철 실내의 온기로 바싹 말라 있었다.

이태석은 쓴웃음을 지으며 호출기 버튼을 눌렀다.

"들어오라고 하세요."

잠시 후, 달각 사장실 문이 열리며 잘생긴 금발 외국인이 양팔을 벌리며 들어섰다.

"Guten Tag! mein Freund. lange nicht gesehen!"

이태석은 이 독일인의 포옹을 받아 주는 대신 덤덤한 얼굴로 악수를 권했다.

"오랜만이군, 한스. 잘 지냈지?"

"잘 지냈냐고?"

한스는 이태석의 악수를 받으며 떨떠름한 표정을 지었다.

"말이 나와서 하는 거지만 태석, 지금은 크리스마스 시즌이라고. 우리는 동양인들이랑 달리 크리스마스에 각별한 의미를 담고 있단 말이야."

"그랬나?"

"의뭉은. 뭐, 한국 공항에도 캐럴이 들리긴 했지만."

이어서 한스는 아차, 하더니 눈썹을 팔(八)자로 그렸다.

"아, 자네 아버지 일은 참 안됐어. 병세는 어떠신가?"

"건강상의 문제는 없어. 그보단 일단 자리에 앉지."

한스는 비치된 소파에 앉으려는 이태석의 뒤를 따르며 이태석의 책상 위를 눈으로 가볍게 슥 훑었다.

"점심도 거를 정도로 바쁜 모양이군."

"그냥 깜빡했을 뿐이야."

"또 나쁜 버릇이 나오기 시작하는군. 자네는 유학 시절에도 무언가에 몰두하면 시야가 좁아지곤 했어."

한스가 고개를 저었다.

"내가 프랑스인은 아니지만, 그래도 끼니를 건너 가며 일하는 건 지양했으면 싶은데."

"걱정 마, 자네 밥은 잘 챙겨 줄 테니까. 아, 식사는?"

"이 시간에 그런 걸 묻는 건 이른 저녁을 먹었느냔 거 아니야? 저녁은 아직 멀었지."

한스는 가벼운 농담으로 이태석의 말을 응수한 뒤, 시종일관 유쾌한 빛이 깃들어 있던 눈빛을 바꾸며 소파에 기댔던 등을 앞으로 기울였다.

"그건 그렇고. 자네가 이 시기에 나를 불렀다는 건 사안이 시급한 모양이지?"

"그런 셈이야."

이태석은 고개를 끄덕였다.

"조만간 있을 주주총회 전에 일을 처리해 두고 싶어서."

한스는 짧게 고개를 끄덕여 응한 뒤, 들고 있던 가죽 서류 가방을 탁자 위에 턱 하고 올려놓았다.

"좋아. 그럼, 저녁을 들기 전에 일을 처리해 볼까."

그 왜, 있잖은가.

실제로도 대단한 사람인데, 너무 가까이 있어서 그 대단함을 깜빡 망각하고 있다가 어느 사소한 일면을 마주하곤 새삼스럽게 '아, 그래. 이 사람은 이랬지' 하고 자각하게 되는 순간.

내겐 사모가 그러했다.

"$%^$#@$."

"!@#!%^^$@."

나는 독일어를 전혀 모른다.

기껏해야 구텐 탁이니 구텐 모르겐, 위버멘쉬 정도만 주워들어 아는 정도이고, 그 발음이며 철자 음독에 관해선 무지한 수준이었는데, 사모는 이 초면의 독일인과 가벼운 포옹을 하며 능숙한 독일어를 통해 자연스럽게 인사를 주고받았다.

'아 맞아. 이 사람 유럽 유학파 출신이었지.'

내가 사모를 새삼스레 보는 한편.

이어서 사모가 멀뚱히 서 있는 나를 돌아보았다.

"아, 성진아. 이쪽은 아빠 독일 친구인 한스 아저씨야. 인사하렴."

내가 미처 인사를 건네기도 전, 이 금발 서양인이 나를 향해 어설픈 한국말로 선뜻 인사를 건넸다.

"안녕하쉐여, 한스 베르너입미돠."

"……이성진입니다."

그는 포옹을 하려 양팔을 벌렸으나, 내가 이를 받아 주어야 할지 망설이는 눈치이자 그는 자연스럽게 팔을 내리고 또 사모에게 무어라 독일어를 했고, 사모는 가볍게 웃었다.

"영어로 이야기하세요. 애도 영어는 얼추 하거든요."

"정말입니까? 대단하군요."

한스는 그 잘생긴 얼굴에 미소를 띠고 나를 보았다가 사모를 향했다.

"어느 정도로 하는 겁니까? 우리가 하는 대화를 알아들을 수준은 되나요?"

"그럼요. 저 멀리 미국에 펜팔하는 여자 친구도 있는데요."

"오."

음해다.

그 사이를 못 참고 음해공작을 펼치다니.

나는 간단히 이를 부정해 주었다.

"그렇지 않습니다. 세나 양과는 그냥 영어 공부차 편지를 왕래하는 수준이에요."

내 대답을 들은 사모는 웃으며 한스를 보았다.

"봤죠?"

"그렇군요. 그러면 나도 좀 더 편해지겠는걸."

이태석은 오늘따라 왠지 일찍 퇴근을 하는 모양새이더니 한스 베르너라고 하는 독일인을 집에 데리고 왔다.

한스 베르너.

나로선 전생에도 얼굴 한 번 본 적 없던 인물이었으나, 그 존재만큼은 알고 있었다.

'베르너 경영 보고서.'

일각에선 이 남자가 이태석에게 써낸 베르너 경영 보고서를 기점으로 삼광전자의 경영 방침 전후가 나뉜다고 알려져 있을 정도였다.

'그 베르너 경영 보고서의 집필자가 이태석 일가와 친분이 있으리라곤 생각 못 했는데.'

전생의 이성진도 내게 그런 뉘앙스를 전하지 않았고, 사실 그런 시시콜콜한 걸 이야기해 줄 만큼 우리가 친한 건 아니었으니까.

뒤에서 잠자코 있던 이태석이 영어로 입을 뗐다.

"현관 앞에서 이야기하기도 뭣하니, 들어가서 이야기를 마저 할까."

"아, 그렇지. 나도 참."

우리는 이태석의 제안을 따라 식탁으로 자리를 옮겼다.

오늘따라 주방이 분주하다 싶더니 한스가 찾아올 예정이어서 그랬던 걸까.

평소 비교적 소박한 삼광 일가의 식탁과 달리, 오늘은 말 그대로 '상다리가 휘어질 만큼' 거하게 차려 두었다.

"실제로 자네 집에 와 보긴 처음인데."

자리에 앉자마자 한스가 입을 뗐다.

"그래도 이런 식으로나마 자리가 생기니 오랜만에 서 씨도 만났고……."

사모와 한스는 서로 면식은 있는 모양이었다.

한스는 뒤이어 미소 띤 얼굴로 나를 보았다.

"자네 아들도 만났으니 구실치곤 훌륭하군."

이태석이 미소를 지었다.

"좀 더 제대로 된 대접을 못 해 줘서 미안한데."

"아니야, 이만하면 아주 훌륭하지. 어디 가서 자랑 삼아 떠들어 대도 좋을 정도야."

이어서 한스가 상석의 이태석을 보았다.

"미처 공부를 못 했는데, 따로 예법을 지킬 건 있을까?"

"아니. 신경 쓰지 마. 편하게 있어."

한스는 짧게 고개를 끄덕였다.

"성진의 아래에 여동생도 있다면서?"

"그 애는 이런 자리에 동석하기엔 너무 어려서. 지금은 일찍 잠자리에 들었지."

"몇 살이랬나?"

"이제 막 걸음마를 뗐어."

"한창 귀여울 때로군. 자네를 닮은 게 아니라면 나중에 한 인물 하겠는데?"

"……내가 뭘 어때서. 성진이도 잘생겼는데."

"당연하지. 자네완 그다지 닮지 않았으니까."

"……."

한스와 함께하는 이태석의 모습도 내가 알던 그의 면모와 어딘지 달라 보였다.

'왠지 그 나이에 걸맞거나 좀 더 어릴 적으로 돌아간 모습이군.'

비록 상대가 서양인인 데다가 대화가 외국어로 이루어져 있긴 했으나, 이태석이 '친구'라 부를 만한 사람을 내 앞에 보여 준 건 한스가 거의 유일했다.

'삼광병원의 신용주가 있긴 했지만, 그땐 화기애애한 분위기로 이야기를 주고받을 상황도 아니었고.'

그래서일까, 한스의 존재는 이휘철의 부재 이후 뒤숭숭하던 집안의 분위기를 사뭇 다른 공기로 환기해 주고 있었다.

"아, 흉터가 있다고 했지?"

한스는 문득 생각났다는 듯 눈으로 내 얼굴을 훑었다.

"아, 네. 이마 쪽에."

"뭐, 그 정도면 딱 멋있을 정도군. 위치도 나쁘지 않네. 계단에서 굴렀다고?"

"예."

한스가 눈을 찡긋했다.

"남들 앞에선 싸우다가 생긴 거라고 하자. 이른바 명예로운 상처인 거지. 그러면 여자애들이 껌뻑 죽을걸? 하하하."

애들 상대로 무슨 소릴 하는 거야.

그러고 보니, 내가 이성진의 몸에 깃들고 얼마 지나지 않아 이태석이 독일인 친구 운운했던 것이 생각났다.

'한스와는 이래저래 근황을 주고받을 사이기도 한 건가 보군. 당시엔 그게 한스 베르너를 의미하는 줄은 몰랐지만.'

가벼운 대화를 곁들인 식사가 무르익을 즈음, 한스가 와인잔을 내려놓았다.

"성진."

한스가 내게 말을 붙였다.

"듣기론 사업을 한다지?"

"별거 아닙니다."

"별거 아니라니. 어디 주택가 단지에서 레모네이드라도 파는 건가? 하하."

"……."

"농담이야. 네 아버지 말로는 그 나이에 벌이기 힘든 규모의 사업이라고 들었는데, 어때?"

나는 사모와 이태석의 눈치를 살폈다.

대답해도 무방하단 표정이어서, 나는 한스의 물음에 순순히 대답했다.

"현재는 PC 소프트웨어와 연예계 쪽에 걸쳐 있습니다."

제니퍼 등과 진행 중인 레스토랑 사업은 아직 궤도에 오르지 않아서 일부러 배제했다.

그런 사정을 알고 있는 이태석도 그런 내 화법에 그러려니 하는 눈치였다.

"흐으음. 언뜻 듣기론 영 낯선 조합인데?"

"어쩌다 보니 그렇게 됐습니다."

사모가 끼어들었다.

"우리 성진이가 바이올린을 좀 하거든요."

"오, 바이올린."

한스가 흥미를 보였다.

"하긴. 바이올리니스트인 당신의 아들이니 그렇기도 하겠군요. 재능을 이어받은 건가."

한스는 눈웃음을 지었다.

"나도 취미 삼아 클라리넷을 하긴 하는데."

"그래요?"

"뭐, 아버지가 시켜서 했지. 그런데 클라리넷 같은 목관악기는 크나큰 단점이 있더라고."

"뭔데요?"

"침이 많이 나와서 연주 후엔 닦아 줘야 하거든."

밥 먹고 있는데 이 사람.

내 표정을 읽은 한스가 웃었다.

"하하하. 그런 의미에서 바이올린은 깔끔하지. 송진 가루 좀 날리는 정도야 뭐."

"아, 예."

"음악, 그리고 컴퓨터 소프트웨어…… 흠."

이윽고 한스가 표정을 고쳐 말을 이었다.

"그래, 그러고 보니 내 전문 분야는 아니지만……. 이 아저씨가 아는 사람에게 제법 흥미로운 이야기를 들었는데. 들어 볼래?"

독일. 그리고 음악과 소프트웨어.

거기서 나는 떠오르는 것이 있었다.

"혹시 MP3 말씀이신가요?"

MP3.

이는 독일의 프라운호퍼 연구소가 개발한, 내가 살던 시대에 이르러선 일종의 대명사처럼 굳어진 전설적인 음원 확장자였다.

나중에는 대중의 수요에 의해 음원의 손실을 줄인 여러 포맷이 등장하게 되지만, MP3가 갖는 업계 위상은 그 누구도 무시할 수 없다.

'거기까진 누구나 아는 사실이고.'

당시, 조인영과 공가희를 시켜 관련 프로젝트를 진행하던 나는 머지않아 벽에 부딪히고 말았다.

'MP3라는 것이 존재한다는 파편적인 정보만 가지곤 일이 진행되질 않았어.'

관련 연구 자체는 이미 80년대 후반부터 이루어지고 있었으나, MP3가 대중화된 건 인터넷의 보급과 PC 하드웨어의 질적 향상이 이루어진 이후였다.

'이 시대엔 컴퓨터로 음악을 듣기 위해선 사운드카드라는 별도의 하드웨어가 필요할 지경이었으니.'

관건은 MP3 파일을 인코딩 및 디코딩, 재생하는 프로그램의 존재 유무였다.

결국 나는 두 손을 들었다.

결국 나로선 이번에도 단편적인 정보와 지식만으론 이해관계며 사전 기술이 면밀하게 연결된 기술을 재현하기 어렵단 씁쓸한 결과만을 재확인했을 뿐이었으나.

'이렇게 되면 이야기가 달라지지.'

내 대답에 한스는 눈을 껌뻑이더니 뜨악한 얼굴로 이태석을 보았다.

"······자네가 알려 줬나?"

이태석은 눈을 가늘게 뜨고 나를 보았다가 얼른 표정을 고쳤다.

"아니. 왜?"

"으음, 한국에 그걸 알고 있는 사람이, 그것도 아직 국민학생 중에 있을 줄은 몰랐는데."

나는 태연하게 대답했다.

"음반 시장 쪽에도 선이 닿아 있어서요. MP3라는 저용량 음원 파일 압축 포맷이 개발됐다는 이야기는 들은 적이 있거든요."

"하하하, 이거 참."

한스의 눈빛이 변했고, 그 와중 사모가 흥미를 보였다.

"MP3? 그게 뭔데요?"

"성진이가 짧게 설명했듯, 파일 용량을 줄인 음원 포맷입니다."

"······."

주지하듯, 사모는 컴맹이다.

불과 얼마 전만 하더라도 '마우스? 쥐?' 하고 고개를 갸웃하던 사람이니.

한스는 사모의 맹한 웃음 속에서 그런 걸 간파했는지 얼른 덧붙였다.

"쉽게 말해서. CD 한 장에 담기는 음악의 가짓수를 획기적으로 늘릴 수 있게 되죠."

"아, 그렇군요."

그 정도까진 알아듣는단 얼굴로 사모가 고개를 끄덕였다.

"하지만 시대가 참 빨리도 변하네요. CD 플레이어가 나온 것도 엊그제 같은데."

"그러게 말입니다."

한스는 고개를 돌려 나를 보았다.

"관련해선 어디까지 진행했니? 상용화 가능성은 어떻게 내다보고?"

그 눈빛은 친구의 어린 아들을 보는 눈이 아닌, 사업가로서 면모가 번뜩이는 눈이었다.

'한스 베르너.'

그는 이태석의 지인이며 동시에 삼광전자 경영 전반에 지대한 영향을 끼쳤으나, 그렇다고 그가 오롯이 삼광전자의 사람이라는 의미는 아니었다.

한스는 이른바 경영 컨설턴트라고 할 수 있는 사람으로, 그가 작성한 '베르너 경영 보고서'는 이태석의 의뢰로 지난 몇 년간 주도면밀한 관찰 끝에 작성된 프로젝트 문서였다.

그런 한스를 힐끗 쳐다본 이태석은 담담한 어조로 끼어들었다.

"한스, 식사 자리에서 할 이야기는 아닌 것 같군."

우정과 무관한 경계이자 경고.

"아, 그렇지. 미안."

한스는 빙긋 웃으며 와인을 홀짝였다.

그러면서도, 그 눈웃음 띤 가느다란 시선은 줄곧 나를 향해 있었다.

"아, 맞아. 우리 장모님이 그러시는데……."

뒤이어 한스는 자연스럽게 화제를 돌렸고, 이태석도 낯빛을 고쳐 고개를 끄덕여 가며 대화에 맞장구를 쳤다.

'어쩌면.'

나는 한스를 보며 생각했다.

'저자를 통해서 예정보다 빨리 사업을 확장할 수도 있겠군.'

한스의 연줄을 통하면 세계 최초의 MP3 플레이어가 내 아래서 탄생하게 될지도 모른다.

'그건 한동안 제법 큰돈이 되거든.'

식사 후, 한스와 이태석은 서재로 자리를 옮겼다.

나 또한 여간해선 그 자리에 참석해서 '베르너 경영 보고서'를 가까이서 지켜보고 싶었지만, 그럴 만한 구실이 없어 별수 없이 방으로 돌아오고 말았다.

방에 들어가니 한성진이 의자에 앉아 책을 읽고 있었다.

"어, 왔어? 자리 비켜 줄까?"

한성진이 허둥지둥 일어서는 것을 나는 손짓으로 막았다.

"아니야, 편하게 있어."

"으응."

한성진이 쓴웃음을 지으며 도로 자리에 앉았다.

"방에서 한창 성아가 바이올린 연습 중이지 뭐야."

한성진은 변명처럼 내뱉으며 손가락으로 내 방 위 천장 너머 다락을 가리켰다.

과연, 자세히 들으니 바이올린의 희미한 선율이 내 방까지 울려 퍼지고 있었다.

'……제법인데.'

활이 미끄러져 끽끽거리는 소리도 더러 들리는 데다, 곡 자체도 단순한 것이긴 했지만, 한성아가 바이올린을 배운 지 이제 고작 반년이 넘었고 그녀의 나이가 여덟 살에 불과하다는 것을 감안한다면.

'재능이 있어.'

비록 그 스승 격인 사모의 눈에는 차지 않은 모양이나, 그 건 어디까지나 상대적인 비교 대상이 나이기에 그러한 것일 뿐이다.

사실, 내가 가진 바이올린의 재능이라는 건 상식적으로 생각할 수 없는 것이었기 때문에 오히려 '재능이 있다'고 평할 수 있는 건 한성아 같은 부류가 아닐까.

전생, 내가 한성진일 때와는 사뭇 달랐다.

이번 생의 한성아는 전생과 달리, 사모를 비롯한 고용인들의 귀여움을 듬뿍 받으며 구김살 없이 하고 싶은 걸 마음껏 누리며 남부러울 것 없는 유년기를 보내고 있었다.

어린 나이에 더부살이를 하며 눈칫밥을 먹은 탓일까, 전생의 내 동생이었던 한성아는 무표정하고 말이 없는 아이였다.

하지만 실상 그녀의 본질은 그런 조용한 것과 거리가 먼 것이었기에, 지금처럼 밝고 구김살 없는 한성아의 모습을 볼 때마다 나는 이따금 가슴 한구석이 저릿거리는 감정을 느끼곤 했다.

한편 한성진의 경우는 아직도 이휘철의 혼수상태가 자신의 응급처치 실패에 있다는 자책감에 빠져 있어서 최근엔 다소 기운이 없는 기색이었다.

한성진은 읽던 책을 덮고 넌지시 말을 붙였다.

"손님 오셨다면서?"

"응."

최근 들어선 내 당고모이자 신화호텔 오너인 이미라가 종종 드나들곤 했으나, 이 저택은 '손님'이 찾아오는 일이 드물었다.

그래서 저택에 비치된 몇 개인가의 '손님용 방'은 공실일 때가 잦았고, 나는 그 빈방을 한성진 남매에게 나눠 주는 것이 어떨까 하는 생각도 해 보았으나, 애당초 이태석이 한씨 남매에게 다락방을 내준 것 자체가 배려 차원에서 이뤄진 일이었다.

아직 두 남매는 어려서, 일과 시간엔 고용인들을 비롯한 사람들이 머무는 본관에 두고 눈이 닿는 곳에 머물게끔 하자는 것이 이태석의 생각이었다.

(그때까지 한익태의 고용이 유지된다면 말이지만)추후 한 씨 남매의 머리가 굵어지고 사춘기가 찾아와 각방이 필요해진다면 고용인들이 머무는 별채로 방을 옮기게 될 것이고, 저택 내엔 다시금 이씨 일가만이 주거하게 될 터.

'더욱이 그때가 되면 이희진도 자신의 방을 갖게 될 것이고, 사모 배 속에 있는 동생 방도 있어야 할 테니.'

처음 이 저택에 입성했을 당시만 하더라도 눈이 휘둥그레졌던 나였지만, 나중에 알고 보니 기실 이곳 삼광 저택은 '재벌가치곤' 소박한 편에 속했다.

'원래부터가 삼광 본사를 서울로 옮기게 되며 이휘철의 출퇴근이 용이하도록 지은 것이었으니.'

한성진이 말을 이었다.

"안동댁 아주머니 말씀으론 서양인이라던데."

"응, 독일인이야."

"우와, 성진이 너 혹시 독일어도 해?"

나는 고개를 저었다.

"아니. 그 정도는 아니고, 영어로."

"그렇구나. 나도 영어 배워야 하나."

혼잣말처럼 중얼거린 한성진이 머리를 긁적였다.

"학교에서 들으니까 김민정도 영어 배운다고 들었고."

그러고 보니 한성진은 박세나와 면식이 없다는 것이 새삼 기억났다.

"그러면 펜팔이라도 해 볼래?"

"응?"

"펜팔. 저번에 알게 된 여자애가 있거든. 미국에 사는데, 민정이도 걔랑 펜팔 중이야."

한성진이 쓴웃음을 지었다.

"미국이면 우푯값이 만만찮을 텐데."

"뭔 소리야. 이메일이 있잖아."

"……아, 맞아. 그랬지."

94년도에 이메일을 일반적인 연락 수단으로 생각하기란 힘든 것이긴 하다.

"그 애도 이메일 써?"

"물론."

"와, 미국은 벌써 인터넷이 보급된 모양이네."

글쎄. 딱히 그렇진 않을 것이다만.

박세나에게 알려 준 건 자사에서 개발한 '맺음이'의 글로벌 베타버전이고, 또 그녀가 또래에 비해 컴퓨터를 제법 다룰

줄 아는 건 그 집안의 특수성에 기인하지 않았을까.

"어쨌건 나중에 메일 주소 알려 줄게."

"응, 고맙다."

또, 한성진의 외국어 학습 욕구엔 예의 이휘철이 연관되어 있으리라.

내가 구해다 준 AED 기기도 원래는 미국 것이었고, 기실 문맹률이 한국보다 높은 미국에서도 쉽게 사용할 수 있게끔 매뉴얼이 되어 있는 물건이긴 했으나 영어를 독해할 수 있었더라면 결과도 바뀌지 않았을까, 생각하는 것이다.

'아무튼, 쓸데없이 책임감은 가득해.'

그 책임감이라는 것이 결과적으론 전생의 나를 엇나가게 만들었다.

나란 놈은 본질적으로 남에게 기대는 것을 좋아하지 않았고, 허울뿐인 장남이란 무게감에 짓눌려 가족을 챙겼다.

'……그때는 어렸지.'

그래서 한성아를 강압하고, 아버지의 일자리를 두고 협박하는 이성진의 개처럼 살았다.

만일 내가 이성진이 아닌 한성진의 몸으로 이번 생을 다시 살게 되었더라면, 차라리 이 집을 떠나서 사는 것을 강력히 희망했으리라.

"그럼 나는 업무나 볼 테니까, 편하게 있어."

"아니야, 나는 아버지 방에 갈게. 여기도 책 빌리러 잠시 들른 거고."

"그러냐."

한성진이 방을 나가고, 나는 컴퓨터를 켰다.

'……이놈의 부팅.'

나는 부팅을 기다리는 동안 겸사겸사 물이라도 뜰 겸, 복도로 나섰다.

그런데, 복도로 나오니 한스가 한성진과 함께 복도에 서 있어서, 나는 움찔했다.

"아."

한스는 고개를 들어 조금 어리둥절한 얼굴로 천장과 나를 번갈아 쳐다보았다.

"나는 네가 저 바이올린 음색의 주인공이라고 생각했는데."

"아뇨. 그런데 여긴 어쩐 일로."

"뭐. 바람이나 쐴까 하다가 바이올린 선율을 따라 왔지."

말은 그렇게 했지만, 그럴 리가.

한성아가 다락방에서 연주하는 바이올린 소리는 2층 복도에서 신경을 집중하면 들릴까 말까 하는 수준이다.

'내게 용무가 있는 건가.'

이어서 한스는 그 스스로도 궁색한 변명이라 생각했는지, 어깨를 으쓱이곤 복도 저편의 방을 고개 너머로 가리켰다.

"겸사겸사 내 방에 짐도 가지러 갈 겸해서 말이야. 그런데 웬 소년을 만나서 이야기를 나누고 있던 차였어."

"그러셨군요."

그러잖아도 한스와 무언가 떠듬떠듬 소통을 시도 중이던 한성진은 나를 반색하며 반기는 눈치였다.

한성진은 얼른 내 곁에 바투 붙으며 중얼거렸다.

"나, 서양인 처음 봐."

그 정도냐.

하긴, 이 시대엔 외국인 보는 게 어려운 일이긴 하지.

한스가 어깨를 으쓱였다.

"그러면 저 위에서 바이올린을 연주하고 있는 건 누구지? 귀신은 아닐 테고."

"더부살이하고 있는 객식구예요. 여기 있는 한성진의 여동생이죠."

"그랬구나. 그래. 그러고 보니 네 아버지에게 들은 듯도 해."

고개를 주억거린 한스는 한성진을 쳐다보았다.

"흠, 이 소년의 여동생이면 무척 어릴 것 같은데?"

"아직 여덟 살입니다."

대꾸했다가, 정정했다.

"한국식으로요."

한스는 눈을 동그랗게 뜨더니 눈웃음을 지었다.

"우리 애랑 비슷한 또래군. 그런 것치곤 실력이 제법인걸."

"그래요?"

"그러니까 네 바이올린 실력이 아닐까, 생각했지. 네 어머니도 네 실력을 엄청나게 칭찬했지 않니……. 그녀의 이름은?"

"……한성아라고 합니다만."

"오호라."

한성진은 멀뚱히 서서 이야기를 듣다가, 대화 속에서 자신의 이름과 한성아의 이름이 언급되자 나를 보았다.

"무슨 이야기야? 성아가 왜?"

"응. 저 바이올린 소리가 내 거라 생각했대."

"응? 아하. 그런 이야기였구나. 하하, 성아는 너한테 쨉도 안 되지."

그러고 보니.

한성진도 바이올린 재능의 기준이 나에게 맞춰져 있어서 한성아의 대단함을 몰라보는 눈치였다.

'이거 참.'

그러니 관련해서 선입견이 없는 한스야말로 비교적 객관적으로 한성아의 재능을 재단할 수 있었던 것이리라.

한스는 묵묵히 우리 이야기를 듣다가 마치길 기다려 불쑥 끼어들었다.

"무슨 이야기지?"

"별거 아녜요. 여동생 이름이 언급되니까 무슨 일이냐고 물은 거죠."

"흐음."

이어서 한스는 한성진을 쳐다보았다.

"Hey, Boy. Excuse me."

"예? 예스! 왓?"

한스가 몸짓 발짓으로 바이올린 연주를 흉내 내며 나를 가리켰다.

"이성진, 바이올린, 실력, 어느 정도?"

바디 랭귀지는 만국 공통어.

한성진은 잠시 생각하다가 떠듬떠듬 대답했다.

"아, 이성진. 봐이얼린 솜쒸, 파가니니 카프리스. 넘버 투 웬티 포. 연주 가능."

아니, 한국어까지 혀를 굴려 가며 떠듬떠듬 할 필요가 있나, 싶긴 한데.

한스는 눈을 동그랗게 뜨며 나를 보았다.

"카프리스? 파가니니의 카프리스 24번?"

나는 대답 대신 어깨를 으쓱였다.

"흉내만 냈을 뿐이에요."

"파가니니를 흉내라도 냈다는 게 놀라운데. 흐음."

한스는 잠시 생각에 잠겼다가 픽 웃으며 고개를 저었다.

"tatsächlich. Es war so. Es ist interessant."

그러면서 혼잣말을 중얼거리긴 했는데, 독일어여서 알아들을 수가 없었다.

"뭐, 그건 그렇고."

한스가 어조를 바꿔 영어로 말을 이었다.

"볼일이나 마저 봐야겠군. 네 아버지가 시간 약속엔 칼 같은 거 알지?"

"그런 편이죠."

"그런 편. 운운할 정도가 아니야. 그런 강박증은 실상 스위스인보다 더하다고. 그럼 이만. 아, 소년도 만나서 반가웠다."

한스는 한성진에게 악수를 권했고, 한성진은 당황하며 그 손을 받았다.

"유, 유 웰 컴."

이어서 한스가 설렁설렁 자리를 떠나고, 한성진은 안도의 한숨을 내쉬며 고개를 저었다.

"성진이 너, 진짜 영어 잘한다."

"⋯⋯배우기 나름이지."

전생의 지식이 한몫한 것이지만.

"후우, 나도 진짜로 영어 공부해야겠어."

"음, 글로벌 시대니까."

나도, 어쩌면 독일어를 익혀 둘 필요가 있을지도 모른다.

'⋯⋯그리고.'

한스는 어쩌면, 한국어를 할 줄 아는 건 아닐까.

끼어든 타이밍과 내용이 왠지 시의적절해 보였는데.

'만일 그렇다고 하면, 썩 음흉하군.'

정글 같은 비즈니스 세계에서 그런 식으로 비장의 패를 하나둘쯤 숨긴다는 의미겠지.

'그러면 이제 이 비공식 모의의 결과가 어떻게 흘러갈지, 한번 지켜볼까.'

전생의 역사대로라면, 적절한 쇼맨십이 곁들여질 것이다.

이후, 전 삼광전자 임직원으로 하여금 수원 사업장으로의 대대적인 소집 명령이 떨어졌다.

삼광전자의 공장이며 사업체는 전국적으로 분포해 있으나, 크게는 서울의 본사와 수원 사업장을 꼽는다.

딱히 명확하게 구분되는 바는 아니지만 서울에 위치한 본사는 주로 무형의 업무—이를테면 디자인이며 유통 등—를 담당하고 있으며, 수원 사업장은 각종 개발, 반도체, 금형 등등을 도맡아 하고 있다.

그러나 사실상 중요성은 수원 사업장이 더 컸는데, 이를 굳이 인체에 비유하면 수원 사업장이야말로 삼광전자라는 혈액을 온몸에 구석구석 내보내는 심장 같은 곳이라고 할 수 있었다.

이번 집합 명령은 제법 지엄해서, 비교적 가까운 서울은 일이 아주 급하지 않다면 대부분의 차, 과, 부장급 임직원, 먼 지방의 경우는 부서의 대표 몇몇이 수원 사업장으로 출장을 와야 했고, 수원 사업장의 경우는 모든 임직원에게 참석하란 지시가 하달되었다.

싸락눈이 내리는 날이었다.

두툼한 파카를 걸친 임직원들은 수원 사업장 내의 개발 준공 예정인 부지에 옹기종기 모여들어 다들 이태석이 무슨 일을 하려는지 몰라 어리둥절한 얼굴을 하고 있었다.

구석에는 야외 공연장에서나 쓸 법한 대형 스크린과 가운데에는 깊고 커다란 구덩이.

안전 요원들이 방책을 설치한 가운데, 정장 차림의 사람들이 안전봉을 휘둘러 댔다.

"다들 물러서세요!"

굳이 큰 소리를 외쳐 통제할 필요는 없었다.

컨테이너 박스에서 집기를 실어 온 덤프트럭 몇 대가 줄줄이 몰려 들어왔고.

와르르, 구덩이 속으로 무언가를 쏟아부었다.

"어, 어어?"

웅성거리는 소리와 덤프트럭의 소음, 누군가의 외침이 있었다.

"저거, 전화기 아니야?"

"모니터도 있는데."

"냉장고? 저걸 다 왜……."

"버리는 건가? 설마?"

그뿐만이 아니었다.

덤프트럭이 폐자재처럼 보이는 각종 가전제품을 구덩이로 쏟아붓는 사이, 수원 내 소방서에서 몰려온 소방차들이 방책 안으로 들어왔으며, 미리 무언가 언질을 받은 듯한 소방수들은 딱딱한 얼굴로 그 자리에 대기하고 섰다.

"설마."

그리고 정장에 얇은 코트 차림의 이태석이 가운데로 걸어 들어왔고.

이태석이 고개를 끄덕이자, 안전모를 쓴 요원들이 구덩이 속으로 무언가, 가연성 물질로 보이는 것들을 쏟아부었다.

그제야 여기 모인 모두는 이태석이 무슨 짓을 하려고 하는지 눈치챘다.

'저걸, 다 태워 버린다고?'

모두가 그런 생각을 한 찰나.

이태석은 보안 요원으로부터 마이크를 넘겨받은 뒤 입을 열었다.

"삼광전자 가족 여러분, 이런 자리에 모시게 되어 불민하게 생각합니다. 저는 삼광전자의 사장, 이태석입니다."

이태석의 목소리가 적요한 수원 사업장 내에 울려 퍼졌다.

비록 삼광전자의 사장이라곤 하지만.

이휘철이라고 하는 위인의 그늘에 가려, 여간해선 공식 석상에 그 모습을 보이는 법이 없던 이태석이었다.

그래서 개중엔 이휘철과 달리 뉴스나 신문으로도 그 모습을 본 적이 없던 이태석 사장을, 이 자리에서 처음 보게 된 사람들도 있을 정도였다.

그런 이태석을 향한 세간의 평가는 어디까지나 이휘철의 아들이자 삼광 재벌가의 적손이라는 것 외에 그 개인의 재량이나 능력을 평가받은 적은 극히 드물었다.

"제가 삼광전자의 사장으로 취임하고 어언 3년이라는 시간이 흘렀습니다."

그래서일까, 혹자는 지금 이태석을 보면서도 그의 경영 능력에 의문을 표하는 사람들이 대부분이었다.

이태석은 마이크를 든 채 말을 이어 갔다.

"제가 삼광전자의 사장이 된 뒤, 가장 먼저 실시한 것은 품질 관리 조사였습니다. 그래서 저는 국내외 유수의 전문가를 초빙하여 삼광전자 내부의 생산 공정이며 품질 테스트를 철저하게 살폈습니다."

뒤이어 이태석은 고개를 돌려 야외에 설치되어 있던 대형 스크린을 보았다.

"그리고 결과는 보시는 바와 같습니다."

그것이 신호가 되기라도 한 양, 스크린에서 영상이 흘러나오기 시작했다.

내용은 공장의 생산 라인. 얼굴에 모자이크 처리가 된 생산공이 조립 라인에 서서 무언가를 하고 있었다.

다소 웅성거리는 소음이 들려오는 와중에 이태석이 다시

입을 열었다.

"이 비디오는 저에게 전달된 내부 보고서 중 하나입니다. 촬영 장소는 모 생산 라인으로, 신형 냉장고를 조립하는 곳입니다. 이곳에서."

이태석은 주위를 한 번 둘러본 뒤 말을 이었다.

"생산된 제품의 조립 유격이 맞지 않는다는 이유로 제품 표면을 칼로 깎아 억지로 조립하고 있는 모습을 보며, 저는 경악을 금치 못했습니다. 동시에."

그 말씨가 차분한 가운데, 이태석의 목소리엔 기묘한 압력이 있었다.

"……무척이나 실망했습니다."

장내는 싸락눈 내리는 소리마저 들릴 정도로 조용했다.

"품질과 납기일, 둘 중 하나를 고르라고 하면, 응당 품질을 먼저 택해야 합니다. 그러지 않고선, 삼광은 어디까지나 국내에서 그저 그런 가전제품이나 생산할 뿐인, 이류 기업으로 남고 말 겁니다. 우리는 이제 세계와 경쟁해야 합니다."

영상을 송출하고 있던 스크린이 꺼지고, 이태석은 한 손을 뒷짐 진 채 담담하게 말을 이었다.

"여러분의 봉급은 제가 아닌, 고객이 주는 것이라고 생각하십시오. 한 사람의 고객을 만족시킬 수 없다면, 다른 고객을 만족시킬 수도 없는 법입니다."

그리고 이태석은 비디오테이프를 받아 구덩이로 툭 하고

던져 넣었다.

"이전에 있었던 업무상의 과실은 더 이상 소급해서 묻지 않겠습니다."

이태석은 곁에 선 보안 요원으로부터 불붙인 횃대를 넘겨받았다.

"지금 이 시간부로."

이태석이 목소리를 높였다.

"우리 삼광전자는 제품의 품질 관리를 최우선 과제로 삼아, 초일류 기업으로 도약하겠습니다."

말을 마친 이태석은 구덩이로 가까이 다가가, 횃대를 구덩이 속으로 던져 넣었다.

기름을 부어 둔 탓일까, 횃대에서 시작된 불은 점차 커지더니 하나둘, 구덩이에 그득 쌓인 플라스틱을 녹이며 검은 연기를 피워 올렸다.

이태석은 가만히 서서 타오르는 불길을 쳐다보다가 몸을 돌렸고, 이어서 해산 명령이 떨어지자 대기하고 있던 소방수들이 불을 끄기 시작했다.

이태석은 멀지 않은 곳에 대기하고 있던 자신의 승용차 뒷좌석에 올랐다.

"고생했구나. 그래도 제법 볼만했어."

그리고 뒷좌석에는 선객이 탑승해 있다가 피로한 기색의 이태석을 맞아 주었다.

"아닙니다, 어르신. 어르신께서 도와주신 덕입니다."

클클 웃으며 이태석의 말을 듣고 있던 그는 이휘철의 바둑 친구 정도로만 알려져 있던 곽철용이었다.

"내가 한 게 뭐 있다고 그러냐. 전화 몇 통화 해 준 게 고작인 것을."

곽철용은 너스레를 떨고 있었지만, 이토록 빠르고 정확하게 공권력을 움직여 준 건 다름 아닌 눈앞의 노인이었다.

그는 정치인인 것도, 그렇다고 해서 세간에 이름을 떨치고 있는 사람인 것도 아니었지만.

곽철용은 대한민국 정부의 그림자 아래에서 움직이며 청와대와도 줄이 닿아 있는 그런 인물이었다.

'아버지의 지인이긴 하나, 조심해서 만날 사람이기도 해.'

이태석은 이 속내 모를 노인을 앞에 두고, 긴장을 풀지 않았다.

곽철용과 이휘철의 인연은 깊었다.

하지만 그가 이번 '반란'을 진압하는 데 힘을 보태 준 것이 순전한 호의뿐만은 아니라는 것을, 이태석은 잘 알고 있었다.

'정부에서도 아직은 삼광 그룹이 오너 경영을 이어 갈 필요가 있다고 판단한 거겠지.'

대한민국 정부와 대기업 사이의 유착은 그 뿌리가 깊었다.

정부가 삼광에만 줄을 대고 있는 것은 아니었으나, 그렇다고 해서 삼광의 위기를 좌시하고만 있을 곳도 아니었다.

이태석이 곽철용의 연락을 받은 건 이휘철이 쓰러지고 얼마 지나지 않아서였다.

「내 도움이 필요하지 않느냐?」

그리고 곽철용이 제시한 건 회사 주식을 집어삼키고 있는 외부 세력, 또 그들과 모종의 담합을 준비하고 있던 내부 임원의 목록이었다.

「이걸 사용하면 경영권 방어에 용이하겠지?」

이태석은 곽철용이 가진 정보력에 기함하면서도 그 유혹을 덥석 잡아 무는 과오를 범하진 않았다.

그의 아버지인 이휘철의 세대라면 모르나, 문민정부로의 전환이 이루어지고 있는 자신의 세대에서마저 정부에 꼬리를 잡히는 짓은 하고 싶지 않았다.

동시에 이태석은 삼광과 대한민국 정부 사이의 관계에서 아슬아슬한 줄타기를 해야만 했다.

다만 그 목줄을 푸는 건, 천천히.

조금씩 행해야 할 일이었다.

곽철용은 다리를 꼬고 앉은 채 너스레를 떨었다.

"하지만 굳이 내가 움직이지 않아도 수원시장은 네 말이면 껌뻑 죽을 건데. 왜, 수원의 세수를 책임지는 곳은 삼광이지 않느냐."

이태석은 가볍지만 정중하게 고개를 숙여 겸양을 표했다.

"아닙니다. 저 혼자였다면 이토록 빠르게 일 처리가 되지 않았을 겁니다."

그러니 이태석은 '적당한 선'에서 정부에 은혜를 입기로 했다.

그 결과인 곽철용은 느긋한 시선으로 이태석을 보다가 미소 띤 얼굴로 입을 뗐다.

"뭐, 연금공단에서도 삼광에 넣어 둔 돈이 제법 되니까. 연말 결산쯤에 주가가 떨어지는 건 그쪽에서도 모양 빠지는 일 아니겠느냐. 또 굳이 그런 것이 아니더라도."

곽철용이 히죽 웃으며 목소리를 낮췄다.

"올해 들어 삼광 그룹이 정부에 가져다준 이득이 제법 되었으니까. 급식이랑 방과 후 어쩌고 하는 거, 그게 제법 호응이 있었거든. 성수대교 건만 하더라도 까딱하면 무너질 수 있었단 내부감사가 있었고."

"……"

"민심을 천심이라 했지. 그런 것이 하나둘 쌓여 정권에 위협이 되기도 하는 법이니 말이다."

이어서 곽철용이 흘리듯 말을 넣었다.

"네 사촌인 이태환이 뭔가 하려는 모양이던데."

이태석은 곽철용이 떡밥을 물기 전에 얼른 대답했다.

"예, 태환 형님과는 얼마 전에 만났습니다."

"그래?"

곽철용이 눈썹을 씰룩이더니 입맛을 쩝쩝 다셨다.

"아, 그렇지. 이번에 도움을 준 모양이더구나. 그러니 응당 너도 알고 있는 거겠지. 이거 참, 괜한 말을 했군."

곽철용은 턱을 긁적이더니 문득 생각났다는 듯이 입을 뗐다.

"아, 그리고 네 아들 말인데."

"성진이 말입니까?"

"그래. 그때 봉효의 생일 때 본 똘똘한 녀석 말이다. 이번에 움직이다가 알게 된 건데, SJ컴퍼니라는 거, 정말로 네 아들이 직접 경영하는 모양이던데?"

"그렇습니다."

이태석이 부정하지 않으니, 곽철용이 너털웃음을 터뜨렸다.

"허허, 이거 참."

"……무슨 문제라도 있습니까?"

"그럴 리가. 일 자체는 합법적이고."

곽철용이 히죽 웃었다.

"뭐, 동화건설을 공격할 때 공매도로 제법 돈을 만지긴 했지만, 그 정도는 귀엽게 봐 줄 수 있는 일이지."

"……."

이성진이 그렇게까지 움직였단 건 이태석도 모르던 일이었다.

'이거 참.'

그런 이태석의 안색을 살피며, 곽철용은 퍽 흥미로워했다.

"아무튼 이것저것 손대는 일이 많아 보이더구나. 몇 가지는 정부에서도 흥미를 보이고."

"……그렇습니까?"

이태석은 구체적으로 어느 것을 말하는지 물으려다가 꾹 눌러 참았다.

곽철용은 한편, 쉽사리 넘어오지 않는 이태석을 보며 의미심장한 미소를 머금었다.

"뭐, 별거 아니다. 장래 유망한 어린이를 보는 게 늙은이들의 낙이란 거지."

"……."

"다음은 봉효가 언제 일어나느냐의 문제겠군."

"……예."

그리고 곽철용은 제 할 말을 마쳤다는 듯, 꼬았던 다리를 풀었다.

"그러면 나는 이만 가 보도록 하마."

"바래다드리겠습니다."

"그럴 필요 없다. 그럼 언젠가 또."

곽철용은 딱 잘라 말한 뒤 밖으로 나갔고, 그제야 이태석은 홀로 남은 차에 앉아 긴 한숨을 내쉬었다.

각종 언론 매체는 이번 삼광전자의 화형식을 대대적으로 보도했다.

'원래는 좀 더 나중에 이뤄질 일이었지만.'

원래라면 95년 중순에 이루어졌던 전생의 역사와는 달리, 이번 생에서의 '삼광전자 화형식'은 94년 12월에 거행되었다.

어차피 전부 쇼이며 퍼포먼스에 불과한 것이라고 할 수도 있겠지만.

한편으론 오너 경영의 삼광이기에 가능한 파격적인 퍼포먼스이기도 했다.

그렇다고 해서 이태석이 이를 충동적으로, 또 오너 후계자로서 자신의 입지를 다지기 위해 저지른 것이라고만은 볼 수 없다.

한스를 통해 전달된 삼광전자 내부 보고서에서는 이미 조악한 금형 생산 라인과 유격에 따른 반품, 불량품과 관련한 환불 문제 제기가 이루어지고 있던 실정이었고.

이휘철을 비롯한 각 중요 임원이며 핵심 관계자들은 이러한 사태를 개선하기 위해 산더미 같은 보고서와 계획을 세우고 때를 기다리던 차였다.

'그 와중 이휘철이 쓰러지고, 이태석이 가진 입지가 위태로워진 마당이 됐지.'

그런 의미에서, 이번 건은 이태석이 던진 건곤일척의 승부수였다.

'다른 건 몰라도 어쨌건 삼광전자 하나만큼은 붙잡고 끝까지 가겠단 거군.'

저번 생의 화형식은 제법 성공적이었다.

이번 생의 화형식마저 성공적일까.

어느 상황에 처해 경영자로서 결단을 내릴 땐 처한 상황과 타이밍이 중요한 법이다.

그러니 이번 퍼포먼스의 성공 여부에 관해선 속단하기 어렵지만, 개인적으론 그 상황에 이태석이 내렸던 과감한 선택을 그가 가진 하나의 수완으로 평가하고 있었다.

'그가 손에 쥐고 있던 패 중에서 조커를 꺼내 들었지.'

이번 화형식 퍼포먼스를 위해 사전 준비한 것도, 전생보다 스케일 면에서 더욱 컸다.

이태석은 관련한 기자재를 설치하고, 화형식을 위해 수원시에 협조 공문을 얻어 내는가 하면, 일시적인 업무 스톱까지 감안해 가며 자신의 의지를 관철시켰다.

'화형식에 써먹은 제품에 더해 유무형의 자산까지 포함한다면 아마 몇천억은 깨졌을 거야.'

거기에 더해 삼광전자의 치부를 대대적으로 공개하기까지.

이태석의 행동을 낙관하기만은 어려운 상황에서, 의외라면 의외의 결과가 나타났다.

'이거, 가까이서 겪어 보니 이런 게 통용될 만큼 제법 화끈한 시대였군.'

이휘철이 쓰러진 이후 연일 하락세이던 삼광전자의 주가는 화형식 퍼포먼스를 기점으로 다시금 상승세에 돌입했으며, 언론은 (아마 손을 써 둔 것이겠지만) 제법 호의적으로 이태석의 행보를 포장해 주었다.

'어쨌거나 여론도 나쁘지 않아.'

아무래도 이번 화형식은 이태석의 주도하에 이루어진 일인 만큼, 삼광 그룹의 차기 오너 이태석의 경영자적 역량을 재고하는 새로운 기회로 자리매김한 모양이었다.

사실 이태석은 이휘철의 그늘에 가려져 그가 가진 경영자적 수완은 저평가되는 경향이 있었는데, 이번 일을 계기로 이태석이 삼광전자에서 가지고 있던 힘이 표면에 드러나며, 젊은 나이에 사장 겸 대표에 오른 이태석의 재평가가 이루어졌다.

남경민을 통해 전해 들으니, 회사 내부의 분위기도 다소 뒤숭숭한 감이 없진 않으나 대체로 긍정적.

그런 걸 지켜보면서, 아직은 그런 쇼맨십이 먹혀드는 시대라는 생각이 들었다.

'그럼 다음은⋯⋯.'

그렇게 공사다망했던 94년이 지나고, 95년도 을미년 새해가 밝았다.

6장

내가 12살이 된 95년은 그 시작부터 성대하게 시작되었다.

전국적인 신드롬을 불러일으킨 드라마 〈모래시계〉가 첫 전파를 탔고, 내 회사 소속 배우인 윤아름은 그 실력을 눈여 겨본 관계자를 통해 역사엔 없던 여주인공의 과거 아역을 맡 으며 소소한 이득을 챙겼다.

'그 정도는 이미 방영 전에 촬영에 들어갔단 소식을 들어 알고 있었던 거고.'

또 방송계 이야기를 더하자면 올해부터 본격적인 케이블 TV 방송이 예정되어 있었다.

그것과 관련해서, 천희수가 내게 기획서를 제출했다.

"사장님, 새해 복 많이 받으십쇼! 그리고 서류 재가 부탁드립니다!"

"……뭡니까?"

"옙. 올해부터 케이블TV가 송출되지 않습니까? 제가 어쩌다 보니 그쪽과 연이 닿아서……. 헤헤."

나는 가만히 천희수가 내민 서류를 받아 훑었다.

"흠. 케이블 채널의 스폰서가 되어 달라는 거군요."

"바른손레코드 측에도 이야기는 해 두었습니다만, 사장님께도 여쭤봐야 할 것 같아서요. Vnet이라는 음악 전문 채널인데, 이번에 개국한다고 합니다."

나는 고개를 들어 비굴한 웃음을 짓고 있는 천희수를 보았다.

'이런 일감도 물어 올 줄 알고, 제법이야.'

나는 서류를 책상 위에 내려놓았다.

"글쎄요."

"예?"

"저희가 스폰서가 되어 주는 대신 지금으로선 그들로부터 받을 만한 대가가 없습니다. 저희 소속 배우인 윤아름이 음반에 참여하는 형태로 곡을 몇 개인가 내긴 했지만, 그렇다고 해서 음악 채널에 무언가를 팔아 치울 요소는 없어서요."

"아, 그것 말인데요."

천희수가 헤헤거리며 웃었다.

"저번에 사장님께 아이돌 그룹 만드는 거로 드린 이야기가 있지 않습니까?"

"그랬죠."

"아직은 구상만 해 본 건데, Vnet 케이블 채널에서 오디션을 겸하는 건 어떻겠습니까?"

스폰을 대가로 전용 오디션 프로그램을 하나 제작해 보자?

나는 천희수의 말에 속으로 적잖이 놀랐다.

'프로듀서로서 재능은 놀라워. 그런 건 원래라면 좀 더 미래에나 유행을 탈 프로그램인데.'

2000년대 들어선 전국적으로 오디션 프로그램 붐이라고 할 만한 토양이 마련되지만, 천희수는 그걸 95년 벽두에 들고 나를 찾아왔다.

'흠. 하지만 아직 핸드폰이며 인터넷 보급도 이뤄지지 않은 상황이야. 뭐, ARS는 이 시대에도 아직 건재하지만…….'

이건 시기상조일까, 아닐까.

어느 일이건 너무 앞서가도 좋지만은 않은 법인데.

'빨라도 10년은 빠르지 않나. 이건.'

나는 잠시 고민했다.

'……역시 지금은 너무 일러. 방송 준비에 시간이 오래 걸린다고 쳐도, 아무리 늦게 잡아야 올해 중순. 거기에 오디션 프로그램으로 뽑은 지망생들을 데뷔시키면……. 아니, 1세대 아이돌의 물이 빠진 이후라도 늦지 않아.'

모처럼 괜찮은 기획이었지만, 일단은 반려해 두기로 했다.

그 전에.

"다른 사람은 누가 알고 있습니까?"

"예? 뭘요?"

"오디션 프로그램."

"아, 그거요."

천희수가 싹싹하게 대답했다.

"지금은 사장님과 저만 아는 이야기입니다만."

나는 고개를 끄덕였다.

"일단 킵해 두세요. 언제고 쓸 때가 올 겁니다."

"아…… 예. 그러면…… ."

천희수는 결국 제안이 기각되었단 생각에 다소 시무룩한 얼굴이 되었지만.

"걱정 마세요. 그 아이디어를 버릴 일은 없습니다. 다만, 하려면 제대로 하려고 그럴 뿐이에요."

"제대로…… 말씀입니까?"

내 말에 천희수가 고개를 번쩍 들었다.

"예. 아직은 케이블 가입자도 미지수이고. 그러니 그 아이디어는 좀 더 무르익을 때까지 두고 보다가, 나중에 전국적인 붐을 일으켜 봅시다."

실제로, 위성 접시라고 불리는 안테나 수신기가 아파트 베란다마다 그득그득 달리려면 좀 더 세월이 지나야 한다.

'나중에 본격적인 종편 채널 등이 나올 쯤이면 IPTV가 보편화되지만…… 거기까지 묵혀 둘 생각은 나도 없고.'

천희수는 복잡 미묘한 얼굴로 머리를 긁적였다.

"끙, 알겠습니다. 아, 그러면 스폰서 건은…… 물 건너간 건가요?"

"뭐, 그렇게 되는군요."

"휴우우."

나는 한숨을 푹푹 내쉬는 천희수를 보다가, 서랍에서 법인 카드 한 장을 꺼내 내밀었다.

어차피 그런 바닥이라는 건 알고 있었고.

"접대받은 것 때문에 걱정이라면, 자요."

천희수는 카드를 받아 들 생각도 잊고 어리둥절한 얼굴로 나를 보았다.

"뭡니까요?"

"활동 경비입니다."

내 말에 천희수의 얼굴이 활짝 폈다.

"사장님!"

나는 양팔 벌린 천희수가 포옹하기 전에 먼저 그를 제지했다.

"그래도 적당히 쓰세요. 내역은 전부 제게 보고될 거니까."

"옙! 아, 그럼 적당히라고 하심은 그 기준이……."

"……."

"아, 알겠습니다."

천희수는 내 맘이 바뀔세라 얼른 카드를 주워 안주머니에 찔러 넣었다.

"그런데, 아이돌 건은 어떻게 진행되고 있습니까?"

"흐흐."

천희수가 웃는 얼굴로 대답했다.

"바로 얼마 전에 길고 긴 안무 전문가 섭외가 끝났습니다."

"흐음."

"그것도 조만간 빠른 시일 내에 컨셉을 정리해서 보여 드리겠습니다. 그러잖아도 애들 뽑는 건 오늘 말씀드린 오디션 프로그램이나 아니면 바른손레코드의 공채 오디션, 둘 중 하나를 택해 진행하려고 했거든요."

아이디어 하나에 흥분해 무작정 덤벼 오진 않았단 의미였다.

'의외로 괜찮은 녀석이잖아.'

하긴 전생의 그가 연예계에서 차지하고 있던 입지를 생각해 본다면야.

나는 고개를 끄덕였다.

"바른손레코드 측과 계약해야 할 땐 저를 따로 불러 주세요. 서로 얼마의 지분을 가질지 논의해 봐야 할 테니까요."

초창기 아이돌 시장에선 계약상의 허점을 빌미로 물고 늘어지는 양아치들이 많았다.

더욱이 바른손레코드는 현재 백하윤 한 사람만을 믿고 의지하는 상황인데 반해, 그쪽의 경영권 다툼도 고려는 해 봐야 했다.

나는 천희수를 앞에 둔 채, 사장실 의자에 등을 기대어 책상을 손가락으로 톡톡 두드렸다.

'하지만, 생각해 보면.'

원래 역사상의 시기라고 하는 것에 크게 구애될 필요는 없었다.

'그래. 이미 몇몇은 원래 역사보다 훨씬 앞서서 진행되고 있어.'

그렇게 생각하면 마냥 시대를 기다릴 것이 아니라, 내가 시대를 앞당기면 된다.

"가희 누나는 사무실에 있어요?"

"예? 아, 네. 아마 개발실에 있을 겁니다."

"……."

"아, 미리 주의는 줬습니다. 이젠 그렇게까지 귀찮게는 하지 않을 거예요. 제가 없을 땐 인영이가 바짝 붙어서 케어를 해 주고 있거든요."

나는 그 말을 들으며 쓴웃음을 지었다.

"알겠습니다. 용무를 마치셨다면 이만 돌아가 보세요. 가는 길에 가희 누나랑 조인영을 사장실로 불러 주시고요."

"옙, 저는 그럼 이만 실례하겠습니다."

보고를 마친 천희수는 잽싸게 사장실을 빠져나갔고, 나는 고개를 절레절레 저었다.

'유능한 것 같긴 한데, 저 경박함은 적응이 안 돼.'

잠시 서류를 보며 기다리고 있으니, 공가희와 조인영이 동시에 사장실로 찾아왔다.

"불렀어요?"

"……무슨 일인데."

둘은 여전히 티격태격하는 사이였지만, 그래도 아주 사이가 나빠 보이진 않았다.

'대체로 조인영이 공가희에게 맞춰 주는 느낌이긴 하지만.'

나는 그 둘에게 미소 띤 얼굴을 보여 주었다.

"저번에 이야기가 나왔던 음원 파일의 용량 문제에 대해, 상의를 해 보고 싶어서요."

한편 삼광전자는 이태석이 예고했던 대로, 대대적인 조직 개편에 들어갔다.

공장 조립 라인과 생산 시설을 갈아엎고, 그 과정에서 실적이 미진하던 사업부 몇 개를 상위 부서와 통폐합했다.

제품의 가짓수를 줄이고, 조립 공정의 자동화와 모듈화에 힘썼으며, 큰돈을 주고 해외에서 선진화된 장비며 기술을 사왔다.

그리고 이태석은 디자인 전문 부서를 만들었고, 공채를 통해 대대적인 디자인 인력을 수급하고자 했다.

이로써 삼광전자는 기존의 투박한 디자인에서 벗어나, 좋은 디자인의 제품을 출시……하게 되는 건 글쎄.

'어째, 삼광전자의 제품 디자인은 투자 대비 미래에도 크게 먹혀들질 않았단 말이지.'

미적 관점이라는 것은 취향을 탄다고 하지만.

'아직은 내가 삼광에 관여할 위치는 아니니까. 어쩔 수 없지.'

사실 막상 뭔가를 하려고 해도, 실상 나 역시도 미학이니 미적 감수성과는 담을 쌓은 인물이어서 뭐라 할 처지가 못 된다.

'관련해선 시간을 들여 쓸 만한 인재를 찾아보는 수밖에.'

어쨌건 그 덕에 삼광전자는 취급 상품을 대거 정리할 수 있었고, 그 와중 생겨난 빈 공장 부지가 몇 개인가 남았단 이야기가 있었다.

"아버지, 자회사와 협력해 무언가 사업을 진행해 보는 건 어떠세요?"

무척이나 바쁜 나날을 보내고 있던 이태석이었지만, 그렇다고 내 제안을 가볍게 흘려 넘기는 그런 사람은 아니었다.

"이번엔 무슨 사업이냐?"

"음향 기기를 만들어 볼까 해서요."

"……음향 기기?"

아무리 시대를 앞서갈 것이라곤 하지만.

'MP3 플레이어가 대중화되기까진 아직 플래시 메모리 반도체 기술이 성장하질 않았으니, 당분간은 어쩔 수 없지.'

아마 지금 시대에 MP3 플레이어를 만든다고 치면, 65MB짜리를 20만 원 넘는 가격에 팔아 치워야 할 터였다.

'그러니 지금은 시장 선점 효과를 우선하는 거야.'

나는 빙긋 웃었다.

"잠깐 스쳐 지나갈 물건이긴 하지만요."

잘하면, 한 7~8년 남짓.

시간은 빠르게 흘러갔다.

천화국민학교 전교 회장이었던 채선아는 국민학교를 졸업, 그녀의 아버지 채한열이 미국으로 단신 부임이 결정된 상황에서 채선아는 그녀의 모친과 함께 한국에 남기로 결정했단 이야기를 들었다.

"성진아, 이메일 꼭 해. 알았지?"

채선아는 눈물을 글썽거리며 내 손을 맞잡았다.

졸업과 동시에 채선아는 분당으로 이사를 갈 예정이어서,

여기서 만났던 친구들과 전혀 다른, 별개의 학군에서 새 출발을 할 터였다.

'그러니 이제 나와는 영영 선후배 사이로 남을 일이 없단 생각이겠지.'

채선아야 전생에도 워낙 똑 부러진 인물이었으니, 아마 잘할 것이다.

그리고 딸의 졸업식장에 모습을 드러낸 채한열은 내게 악수를 청했다.

"왠지 너랑은 언젠가 또 볼 거 같은데."

"그래요? 한국에 오시면 연락 주세요. 밥이나 한 끼 드시죠."

"……거참, 빈말인지 아닌지."

그것과 겸해, 삼광장학재단 특설 TF 역시 공식적으로 종료되었다.

하지만 어디까지나 '삼광장학재단'의 이름하에 진행되던 것이 종료되었다는 것뿐으로.

내가 예전에 이남진에게 꺼냈던 이야기, 삼광장학재단과 분리된 별도의 비영리재단을 설립, 운영하는 건이 진행되어, 업무는 신설되는 부서로 고스란히 이어졌다.

의외로 이남진이 독립하려는 행보에 대해, 삼광장학재단의 이사장인 이태준은 별다른 말 없이 '그러도록 하라'며 흔쾌히 수긍했다고, 나중에 이남진을 통해 전해 들을 수 있었다.

'그 핵심 멤버 중 하나인 윤선희는 내 비서로 일하는 중이고 말이야.'

그렇게 방과 후 교실을 중점으로 한 인력 파견 업체, '맺음이' 역시 정식으로 출범하게 되며 순탄한 행보를 이어 갔다.

"그런데 성진아. 네가 만든 맺음이가 대학교를 중심으로 선풍적인 인기를 끌고 있더라?"

이남진의 말에 나는 고개를 끄덕였다.

"그렇군요. 그래도 그 덕에 인력 데이터베이스를 모으는 수고를 덜었네요."

"그런데."

이남진이 머리를 긁적였다.

"원래 용도는 그런 게 아니었는데, 어째서인지 소개팅이나 데이트 목적으로 쓰이는 거 같아서, 좀 아이러니하던데."

이남진은 이해하기 힘들다는 식의 반응을 보였지만.

초창기 페이스북이 대학생들 사이에서 선풍적인 인기를 끌었던 건 다름 아닌 데이트 상대를 찾는 용도였다는 건, 공공연한 이야기였다.

'뭐, 애당초 그걸 모델로 삼았으니……'

나는 어깨를 으쓱였다.

"모로 가도 서울로만 가면 되지 않겠어요?"

그리고 2월 말 즈음, 사모의 배가 만삭이 되어 가고 출산 예정일이 나왔을 때.

우리는 병상에 누운 이휘철이 깨어났단 소식을 들었다.

이휘철이 깨어났단 소식에 저택은 일요일 아침 일찍부터 식사를 하다 말고 부산스러워졌다.

"휴우, 한시름 놨네요."

사모는 눈을 지그시 감았다가 뜨며 부른 배를 가만히 만졌다.

"아, 이럴 때가 아니지. 얼른 병원으로 갈 준비를 해야겠어요."

이제는 배가 완연히 부른 사모가 힘겹게 몸을 일으키려 하자, 이태석은 그런 사모의 어깨를 가만히 짚었다.

"괜찮아. 당신은 여기 있어."

"……그치만."

"이제 막 깨어나셨는데 우르르 몰려가는 것도 도리는 아니지. 가뜩이나 당신은 만삭의 몸이고."

"……."

"아버지를 찾아뵙는 건 차차 시간을 조율해 보도록 할게."

"알았어요, 그럼."

사모가 입을 삐죽이자, 이태석은 빙긋 미소 지어 보이더니, 나를 돌아보았다.

"성진이는 함께 가자."

"예, 아버지."

나 역시 얼른 방으로 돌아와 코트를 챙겨 입기로 했다.

그때 마침 내 방으로 찾아온 한성진은 옷을 챙겨 입는 나를 보며 의아한 듯 물었다.

　"성진아, 무슨 일이야? 아버지가 호출 명령을 받으셨는데."

　한성진도 저택의 분위기가 심상치 않음을 느꼈는지, 별관에서 아침을 먹다 말고 급히 찾아온 모양이었다.

　"아, 할아버지가 깨어나셨어."

　"……회장님이?"

　그 소식을 들은 한성진은 어깨에 올려 둔 무거운 짐을 내려놓은 것처럼 털썩, 내 침대에 드러누웠다.

　"다행이다."

　AED 기기를 사용해 이휘철의 골든타임을 벌린 한성진은 자신의 조치가 잘못되어 이휘철이 혼수상태인 채 깨어나지 않기라도 한 양, 그 스스로 근 몇 달간 어린이가 감당하기 힘든 심리적 부담을 느끼고 있었다.

　한성진은 내 방 천장을 올려다보며 다시 한번 중얼거렸다.

　"다행이야."

　나는 그런 한성진을 보며 픽 웃었다.

　"내가 말했잖아. 너는 잘했어. 부담 느낄 필요 없다고."

　"그래도."

　한성진이 침대에 누운 채 고개를 돌려 나를 보았다.

　고개 돌린 녀석의 눈가에 눈물이 그렁그렁했지만, 나는 구태여 그걸 지적하진 않았다.

"회장님이 잘못될까 봐, 나는……."

한성진은 그제야 자신의 눈가에 눈물이 고인 걸 자각했는지, 내게 들키기라도 할세라 얼른 소매로 눈가를 슥슥 비볐다.

"그러면 지금 병원에 갈 거야?"

"응."

"……나도, 나도 가도 될까?"

최근 들어 항상 죄인처럼 뒤로 한발 물러서려던 기색이 보이던 한성진이 모처럼 던진 제안이 나는 제법 기꺼웠다.

"글쎄? 찾아가도 면회를 허락할지……."

"……."

"아버지께 여쭤볼까?"

"사장님껜 내가 여쭤볼게."

한성진은 얼른 침대에서 몸을 일으켜 방을 나서려다가, 발걸음을 멈칫하곤 다락으로 뛰어 올라갔다.

재빨리 외투를 걸친 한성진은 거실로 내려가 이태석에게 쭈뼛대며 말을 붙였다.

"저, 사장님!"

이태석은 고개를 돌려 한성진을 보았고, 한성진은 제법 당돌하게 말을 이었다.

"사장님, 저도 병원에 따라가도 될까요?"

이태석은 한성진을 물끄러미 쳐다보더니 나를 바라보았다.

마치 이번에도 내 의사가 개입된 것인 양 떠보는 눈빛이었으나, 나는 그 시선을 아무렇지 않게 받아넘겼다.

이태석은 잠시 짧은 생각에 잠겼다가 결국 고개를 끄덕였다.

"그래. 뒷자리에 타거라."

"네!"

차고에서 시동을 걸고 대기 중이던 한익태는 한성진이 따라오자 아들을 물끄러미 보더니 가볍게 머리를 쓰다듬어 주곤 차에 올랐다.

어쨌건 한성진이 동행하는 것에 이태석의 허락이 있었으리라 생각하는 모양이었다.

우리는 차에 올라 삼광병원으로 향했다.

달리는 차 안은 조용했고, 모두가 각자의 생각에 잠겨 있었다.

'이휘철이 깨어났어.'

내겐 잘된 일이었다.

삼광병원에 도착한 우리는 거침없이, 이휘철이 회복 중인 VIP룸이 있는 병실로 향했다.

그래도 이휘철이 쓰러진 당시와는 사뭇 그 발걸음의 무게감이 달랐다.

"너는 일단 기다리고 있어."

"응."

한성진은 내 말에 얌전히 따랐다.

그리고 나는 이태석과 단둘이서 VIP 병실로 발을 들였다.

"음."

이휘철은 침상에서 반쯤 몸을 일으킨 채 서류를 살피다가 인기척에 고개를 돌렸다.

마침 그곳에는 신용주와 베테랑 간호사들이 이휘철의 링거를 갈아 주는 중이었고, 이휘철은 신용주에게 눈짓을 보냈다.

"용주야, 나중에 다시 오거라."

"예, 회장님."

이휘철의 담담한 목소리에 신용주는 가타부타하지 않고 병실을 빠져나갔다.

몇 달간 병상에 누워만 있었던 이휘철은 아무래도 예전에 비해 그 위풍당당하던 풍채도 적잖이 퇴색된 형세였으나, 그 두 눈에 담긴 형형한 안광만큼은 여전히 예리하게 빛나고 있었다.

"그래, 회사는 어떻게 됐느냐."

깨어나서 우릴 보곤 처음 한다는 말이 회사 상황이라니.

왠지 평소의 이휘철답다는 생각을 했다.

"아무 문제도 없습니다."

그런 이휘철에 응대하는 이태석도 그 핏줄은 어디 가지 않는 양, 태연하게 이휘철의 말을 받았다.

'아니. 둘 다 아닌 척하고는 있지만 아무렇지도 않을 턱은 없지.'

나는 이태석의 손끝이 희미하게 파르르 떨리는 걸 보았지만, 일부러 모른 척했다.

이휘철은 그런 이태석을 보며 입매를 비틀었다.

"이젠 아무 문제도 없게 '된' 거겠지. 안 그러냐?"

"그런 셈입니다."

"……흥, 됐다. 자세한 건 나중에 취합해서 듣기로 하지. 그보다."

그 정도에서 용무를 마친 이휘철은 고개를 돌려 나를 보았다.

"흠."

이휘철은 무어라 말을 하려는 것처럼 입을 벙긋거렸다가 일자로 굳게 다물더니 다시 입을 뗐다.

"용주에게 들으니 한군이 나를 살렸다지?"

"예, 할아버지."

"여기 왔느냐?"

"예."

이태석이 나직이 끼어들었다.

"불러올까요?"

"그래. 태석이는 잠시 나가 있거라."

"예."

이태석은 그걸로 용무는 끝이 났다는 양, 군소리 없이 자리를 옮겼다.

이태석이 한성진을 부르러 병실을 나간 짧은 사이, 이휘철이 입을 열었다.

"심장 제세동기는 네가 주문했다고?"

"그렇습니다, 할아버지."

"마치, 내가 쓰러질 것을 대비하고 있기라도 한 것 같구나."

그 의미심장한 눈빛을 앞에 두고 나는 일부러 의뭉을 떨었다.

"그럴 리가요."

내 대답을 들은 이휘철이 씩 웃었다.

"녀석. 뭐, 아무래도 좋다."

뒤이어 이휘철은 물끄러미 천장을 올려다보며 중얼거렸다.

"어쨌건 이번엔 어떻게든 살아남은 모양이군."

똑똑, 노크 소리가 들리고.

한성진이 조심스레 문을 열었다.

"실례하겠습니다."

"한군아."

이휘철은 내 앞에서 보이던 것과 그 구성 성분이 다른 미소를 지으며 한성진을 맞았다.

"예, 회장님."

"좀 더 가까이 와 보거라."

"⋯⋯예."

한성진은 그럼에도 긴장한 기색이 역력한 얼굴과 걸음걸이로 이휘철이 누운 병상 가까이 발걸음을 옮겼다.

"고맙다. 덕분에 살았구나."

그 솔직한 말에는 나도 적잖이 놀랐다.

이휘철이 살면서 '고맙다'는 말을 할 일이 몇 번이나 되었을까.

'뭐, 생명의 은인이니 이번엔 손에 꼽을 만한 고맙단 말을 해도 무방하지만.'

이휘철의 말을 들은 한성진은 당황하며 얼버무렸다.

"아, 아뇨. 정말로, 제가 해야만 할 일이라고 생각해서⋯⋯. 그리고 성진이가 AED 기계를 사 두지 않았으면⋯⋯."

"어쨌거나 너는 이번에 내 목숨을 구했다. 결과론이니 뭐니 해도 그 자체는 사실이지."

"⋯⋯."

"뭐, 좋다."

이휘철이 빙그레 미소를 지은 채 말을 이었다.

"내 생명의 은인에게 무언가 해 주질 않으면 그것도 도리가 아니겠지."

"예……?"

"바라는 게 있다면, 무엇이든 말해 보거라. 내가 할 수 있는 한에선 모두 들어줄 테니까."

이휘철은 '내가 할 수 있는 선'이라고 말했지만, 이휘철쯤 되는 인물이 들어줄 수 없는 소원이라면 그 누구도 들어줄 수 없는 것이리라.

"바란다면 네게, 그러니까 네 아버지……. 태석이의 운전기사로 일하고 있는 한 기사에게 건실한 사업체를 하나 줄 수도 있다."

"……."

"학업에 흥미가 있다면 유학을 보내 주마. 만일 바란다면 세계 최고의 교육을 받게 해 줄 수도 있다."

"……."

"외국에 있는 섬을 하나 사 주는 것도 괜찮겠지. 평생을 거기서 왕처럼 살아도, 나쁘진 않을 거다."

"……."

뒤이어 이휘철이 눈을 반짝 빛냈다.

"그게 아니라면, 내 양자로 들여 주랴?"

그야 반쯤 농담조로 말하긴 했지만.

이휘철의 말은 허언이 아닐 것이다.

만일 한성진에게 그럴 의사가 있다고 하면, 이휘철은 들어준다.

그것이 이휘철이라고 하는 인간인 것이다.

'아니, 그래도, 그건 좀.'

그렇게 되면 한성진이 족보상으론 내 숙부뻘이 되잖수.

개족보도 이런 개족보가.

당황한 한성진은 나를 힐끗 쳐다보았지만, 나는 아무런 말도 하지 않았다.

결국 한성진은 힘겹게 입을 뗐다.

"저, 저는…… 아무것도 바라지 않아요."

"음?"

이휘철이 흥미롭다는 듯 눈썹을 실룩였고, 한성진은 얼른 말을 덧붙였다.

"저, 모두 제게 잘해 주시고, 성진이도, 그러니까 저는 아무것도 바라지 않아요, 회장님. 그러니까 아무것도 바라지 않습니다."

"크크."

이휘철이 웃었다.

"나는 욕심이 없는 사람은 좋아하지 않는다만."

"……."

정작 나는, 내 분신이나 다름없는 한성진의 때 묻지 않은 대답을 들으며 묘한 기분에 사로잡혔다.

'내가 이 시기의 한성진이라고 하면, 독립을 보장받았겠지만……'

그러나 '바라는 것이 없다'는 한성진의 대답은 진실일 것이다.

또, 이는 이번 생의 한성진이 한 해 가까운 시간 동안 아무런 구김살 없이 자라 주었다는 방증이기도 했다.

"이성진."

갑자기 시위가 내게 향했다.

"예, 할아버지."

"네가 한성진의 입장이라고 하면, 넌 뭐라고 답하겠느냐?"

그야, 뭐.

주식, 부동산, 차명계좌 중 하나 등등 여러 가지가 있겠지만.

'이 영감탱이가, 여기서 또 시험인가.'

이휘철이 한성진을 부른 건, 결국 그를 통해 나를 시험하는 것도 겸하고 있는 것이다.

나는 잠시 뜸을 들였다가, 대답했다.

"할아버지요."

"……."

"……."

말 그 자체는 국민학생인 손주가 '할아버지만 건강하면 바랄 게 없어요'로 들릴 법한 모범적이고 재기발랄한 대답이 될 수도 있었겠지만.

"……크큭."

그간 나를 관찰해 온 이휘철은 내 말에 담긴 함의를 읽어
냈는지, 웃음을 터뜨렸다.

"……크하하하핫! 이거 참, 하하하, 그래, 그 정도 스케일
은 되어야지, 하하하핫!"

정작 한성진은 내 말에 담긴 속뜻을 읽지 못했는지 어리둥
절한 얼굴이었고, 나는 그저 빙긋 미소만 지었다.

이성진과 한성진이 병실을 나서고, 이태석이 교대로 돌아
와 이휘철을 독대했다.

"부르셨습니까."

"그래."

"지금은 보고서가 없습니다만, 구두로 경과를 보고드릴까
요?"

"아니다, 그런 이야기는 구차하지. 다른 이야기를 할까 해
서."

"예."

"……"

"……"

병실에 단둘만 남은 부자(父子)는 왠지 서로가 어색한 분위
기였다.

하지만 원래, 둘은 이런 분위기였다.

작년, 이성진의 변화를 계기로 더불어 둘은 이럭저럭 사적인 대화를 많이 주고받는 사이로 발전했지만, 그것도 어디까지나 서명선이나 이성진이 그 둘 사이에서 중재를 하고 있을 때나 가능한 이야기였다.

이휘철이 어색하게 입을 뗐다.

"며늘아기 출산이 머지않았겠구나."

"예. 아버지가 쓰러지시고 석 달이 지났으니까요."

"예정일이 언제냐?"

"다다음 달입니다."

"가깝구나."

"예."

"……."

"……."

이휘철이 턱을 긁적였다.

"뭐, 됐다."

"예. 용주를 불러올까요? 이제 막 깨어나셨으니 휴식이 필요하실 텐데요."

"아니."

이휘철이 고개를 저었다.

그리고 그는 지나가듯, 마치 날씨라도 묻는 듯이 툭 하고 내뱉었다.

"은퇴를 해야겠다."

"……예?"

"……."

그것으로 내 이휘철의 문병은 끝이 났고, 나와 한성진은
저번에 이태석이 쓰러졌을 때와 마찬가지로 둘이서 택시를
타고 돌아가기로 했다.

택시를 기다리는 동안, 한성진은 줄곧 말이 없더니 갑자기
신음을 쥐어짜며 스스로의 머리를 헝클어트렸다.

"끄으으응. 내가 왜 그랬을까."

그 모습을 보며 나는 피식 웃었다.

아무래도, 이휘철의 제안을 거절한 것이 못내 마음에 걸린
모양이었다.

"후회 중?"

"응."

한성진은 한숨을 푹 내쉬더니 내게 고해하듯 투덜거렸다.

"나는 회장님께 '정정해 보이셔서 다행입니다', 같은 말을
준비했는데, 이상하게 긴장하는 바람에 까먹었지 뭐야."

"……."

이 녀석, 뭐 이렇게 순진해? 새 나라의 꿈 많은 어린이냐?

아니, 어린이 맞군.

나는 떨떠름한 기색을 감추며 은근슬쩍 물어보았다.

"그래도 모처럼 기회였는데, 뭐라도 말해 보지 그랬어."

"그런 거야?"

"응. 만일 용돈을 달라고 했으면, 들어줬을걸."

"어, 그런가?"

"당연하지."

내 말에 한성진은 갈등이 서린 얼굴로 나를 진지하게 쳐다보았다.

"그러면 내가 금액으로 얼마를 부르건 간에, 회장님은 들어주셨을 거란 의미야?"

"그럼. 게다가 넌 명색이 생명의 은인이잖아? 네가 얼마를 부르건 어지간하면 들어주셨을걸."

내 말을 들은 한성진은 생각에 잠기더니 의미심장한 얼굴로 입을 뗐다.

"10만 원도?"

"……."

스케일 보소.

아니, 국민학생에겐 10만 원이라는 액수도 제법 크긴 하지.

"아니. 내가 그 말을 들었으면 오히려 내 목숨값이 그것밖에 안 되겠냐며 화를 내겠다. 좀 더 스케일을 키워 봐."

내 말을 들은 한성진은 눈을 동그랗게 뜨더니 조심스럽게 숫자를 제시했다.

"그렇다면, 배, 백만 원?"

"……."

내가 명절에 받는 용돈도 그것보단 많겠다.

나는 애 앞에서 그런 구질구질한 이야기를 늘어놓는 것도 어쭙잖아서, 그냥 고개를 돌려 버렸다.

"어쨌거나 이미 지나간 일이지."

"으음, 그건 그래."

"무슨 일이든 그때만 가능한 기회라는 게 있는 법이야. 이제 와선 뭐, 소용없지."

"끙, 그런가."

한성진은 일단 수긍하긴 한 얼굴이긴 했으나, 지나간 기회를 아쉬워하는 눈치는 아니었다.

그저 '아, 그런 방법도 있었구나' 하는 정도에 불과한 감상.

아직 어려서 그런 건지, 한성진이라고 하는 인간의 본성은 근본적으로 물욕이 없었던 것인지.

생각해 보면, 재벌 3세가 된 나조차도 사치나 향락에는 나 스스로가 놀랄 정도로 초탈했다.

그러고 보니 이진영도 나더러 소박하다느니 어쩌느니 하는 이야기를 하긴 했다만.

'전생에는 어떻게 집 한 채라도 구해 보려고 발버둥을 쳤는데 말이야.'

집 한두 채 정도는 문제없이 구할 수 있다는 여유일까.

그래도 한성진은 암만 아직 국민학생이라고 해도 어느 정도 금전적인 감각을 익힐 필요가 있다는 생각에, 나는 구태여 참견했다.

"뭐, 어쨌건 돈이라도 받아서 내게 맡겼으면 그 돈을 불려주는 것도 문제는 아니지."

말하고 보니 전형적인 사기꾼의 수작처럼 들렸지만, 내가 코흘리개 돈까지 뺏어서 어쩔 심산은 아니고.

"돈을 불려?"

"응. 돈이라는 건 어떻게 굴리느냐에 따라 새끼를 쳐서 불어나기도 하는 법이거든."

"으음, 그럼 어느 정도로?"

"돈다발로 따귀를 후려치는 수준으로 만들어 줄 수도 있지."

내 말을 들은 한성진은 잠시 생각하더니 의아한 듯 물었다.

"어, 음. 돈으로 따귀를 쳐? 왜 그렇게 해야 하는데? 무기로 쓰면 아파?"

"……뭐, 어디까지나 상황이 그렇단 거지."

'금전의 힘이란 이런 것이다'는 의미였지만. 어린애한테 들이대기엔 너무 속물적인 비유였나.

한성진은 그다지 돈을 불리고 어쩌고 하는 일엔 흥미가 없다는 듯 내 말을 차분하게 받아쳤다.

"그렇긴 해도, 나는 회장님이 무사하신 것만으로도 괜찮아."

"진심?"

"왜, 회장님 쓰러지시고 나서 집안 분위기가 엉망이었잖아. 그러지만 않으면 나는 상관없어."

"……그러냐."

그만큼이나 한성진은 현재 생활에 만족하고 있단 이야기겠지만.

"그래도 회장님이 깨어나셔서 기분은 좋아. 진심이야."

"응."

"게다가, 계속 생각했거든. 내가 좀 더 제대로 했으면 회장님도 무사하셨을 거라고."

한성진은 담담하게 예전의 심리적 부담감을 내게 술회했다.

"그래서 의사가 되어 볼까, 하는 생각을 했어."

"의사?"

"응."

한성진은 쑥스러움을 무마하듯 내게서 시선을 돌렸다.

"멋있잖아?"

굳이 그런 이유를 대긴 했지만, 아마 한성진은 지금 '이휘철을 살려 냈다'는 것에 자부심과 만족감을 느끼고 있을 터였다.

'의사라. 할 수만 있다면 나쁘지 않겠지.'

나는 가만히 고개를 끄덕였다.

"……뭐, 그런가. 그래도 의사가 되려면 공부를 엄청나게 잘해야 하는데?"

"나 정도면 잘하잖아. 저번엔 전교 1등도 했고."

"나랑 공동 1등이었지만 말이지."

"아무튼. 그 정도면 되지 않겠어?"

"국민학생 수준인데 뭘."

"……냉소적이네."

"어이쿠, 그런 말도 알아?"

"너는…… 아니, 됐다. 말을 말자."

이어서 한성진은 문득 생각났다는 듯 내게 물었다.

"아니, 그래도. 그러는 성진이 너도 회장님이 너라면 어떻게 했겠느냐, 하고 여쭤보셨을 땐 나랑 비슷한 대답을 했잖아? 할아버지요, 하고."

한성진의 볼멘소리에 나는 피식 웃었다.

"아, 나는 그렇게 귀여운 건 아니야."

"귀엽……."

한성진은 왠지 질색하더니 떨떠름한 얼굴로 물었다.

"그러면 뭔데?"

"뭐."

마침 택시가 도착해서, 나는 그쯤 해서 화제를 중단했다.

"말 그대로의 의미지."

"……?"

한성진은 어리둥절한 얼굴로 나를 따라 택시에 올라탔다.

나는 택시기사에게 목적지를 말한 뒤 안전벨트를 매며 생각에 잠겼다.

'나로서도 어쨌든 던져 본 만약의 이야기긴 하지만, 이휘철을 완전히 내 휘하에 둘 수 있다면……. 그만한 치트키도 없겠지.'

이휘철이 가진 경영자로서 역량과 그가 쌓아 올린 인맥 등을 쥘 수만 있다면.

'뭐든 할 수 있어.'

뭐, 한성진에게 잘난 듯 이야기한 것이긴 하지만.

무슨 일이든 그때만 가능한 기회라는 게 있는 법이다. 이제 와선 소용없지.

이휘철이 혼수상태에서 깨어났다는 소식은 머지않아 언론을 탔다.

그 덕에 화형식 이후 반등 중이던 주가는 그 성장세가 더 가팔라졌고, '이휘철은 이미 죽었고, 내부 승계를 위해 식물인간 상태인 것을 연명 중이다' 하며 주장하던 삼류 찌라시 언론은 자취를 쏙 감췄다.

이휘철의 회복 이후 삼광의 행보가 주목되는 가운데, 삼광전자의 임시 주주총회가 있고 얼마 지나지 않아 이휘철은 공식 석상에 모습을 드러냈다.

기자단은 혈색이 완연한 이휘철을 보며 연신 카메라 플래시를 터뜨려 댔고, 왕의 귀환을 예의 주시하기 시작했다.

비록 한 차례 쓰러지긴 했으나, 이휘철은 아직도 정정했다.

그가 부재중일 때 있었던 삼광전자의 반란, 그리고 이태석이 그 반란을 진압했던 것은 익히 알려진 바였다.

그러니 철혈이라 불리는 이휘철은 반란에 가담했던 이들을 구조 조정이라는 명목하에 모두 숙청해 버리리라.

모두가 그런 줄거리를 예상하는 가운데 이휘철의 발표는 그야말로 청천벽력 같은 내용이었다.

─나, 이휘철은 삼광 그룹의 회장직에서 은퇴를 결정하였습니다.

이휘철의 은퇴 발표.

펑, 펑 하는 카메라 플래시 터지는 소리가 떠들썩한 가운데, 이휘철이 말을 이었다.

─협의 결과 회장직은 한동안 공석으로 둘 것임을 결정하였고, 각 계열사는 사업체를 이끄는 경영자에 의해…….

나는 거실 소파에 앉아 생중계되고 있는 기자회견을 지켜보았다.

'이휘철이 은퇴하는군. 뭐, 밥상머리에서 들은 바라 놀랍지는 않지만.'

내 곁에 찰싹 붙은 이희진이 TV를 손가락으로 가리키며 외쳤다.

"할아부지!"

"그래, 할아버지가 TV에 나왔네?"

평소라면 만화를 보자며 칭얼거릴 이희진도 TV에 이휘철이 나오니 그게 신기한 양, 쿠키를 아작거리며 가만히 TV를 보았다.

그사이 기자회견이 이어지고 있었다.

―신한일보의 이기철 기자입니다. 그렇다면 은퇴 후, 회장님이 보유하고 있는 주식은 어떻게 운용하실 예정입니까?

노골적인 질문이었지만, 이휘철은 당황하는 법 없이, 손을 내밀어 앞으로 나서려는 보좌관을 가만히 막아섰다.

―재밌는 질문이군요.

회복했다곤 하나, 한 번 쓰러졌던 전적도 있는 만큼 연로

한 이휘철이었다.

이번 은퇴도 형식적인 것일 뿐, 그의 용태 하나로 주가가 좌지우지되는 마당이니 이번 은퇴 선언도 그가 보유한 다량의 지분을 통해 물밑에서 삼광 그룹을 좌지우지할 여지도 다분했다.

이휘철은 담담한 얼굴로 대답했다.

─또. 회장님이라고 불리는 것도 오늘이 마지막이겠고 말이지요.

이휘철의 농담에 좌중은 가벼운 웃음이 일었다.
이휘철이 말을 이었다.

─말씀드리겠습니다. 제가 보유한 지분은 모두 정당한 절차를 걸쳐 처분할 예정입니다.

노코멘트로 받아쳐도 될 질문에 순순히 답하는 이휘철의 발언에 기자들은 다시 한번 플래시를 터뜨려 댔다.

─질문 있습니다!
─전진일보의 박대기 기자입니다!

여기저기서 기자들이 손을 들고 발언권을 얻으려는 바람

에 기자회견장은 소란스러워졌고, 그 바람에 적잖은 시간이 허비되었다.

이휘철은 그런 그들을 가만히 지켜보다가 입을 열었다.

―제가 가진 삼광 그룹의 주식이 적지 않지요. 하지만 소위 말하는 '승계'란 이루어지지 않을 것입니다.

이휘철이 입을 열자마자 소란스럽던 장소는 순식간에 진정되었다.

―물론 법인 설립 당시의 원칙에 따라 일부는 주주들에게 우선권이 주어지지만, 대부분은 시장에 공개하여 유통하는 것을 목적으로 할 것입니다.

기자들은 재빨리 이휘철의 말을 메모하기 시작했다.

나는 이휘철의 발언과 그 의도를 짐작하느라 다소 혼란스러웠다.

'흠. 어쨌건 이태석에게 편법 승계는 하지 않을 예정이란 거군.'

그 과정에 다소 거품이 붙긴 하겠지만, 이태석은 그가 가진 대주주로서의 권리를 발동해 이휘철이 가진 주식 대부분을 회수하리라.

'뭐든 표현하기 나름인 거지. 그렇다곤 해도, 그 과정에 다른 계열사와 삼광전자는 철저히 분리될 거야. 흠, 이휘철도 삼광 그룹의 이득 대부분이 삼광전자에서 나오리라 생각하는 건가.'

나쁘지 않은 한 수였다.

이휘철은 이 발언 한 방으로 조카들이 나눠 가진 계열사의 경영권과 삼광전자 사이에 선을 그은 셈이었다.

'하긴. 나중에 삼광전자가 글로벌 기업으로 성장하고 난 뒤, 타 계열사의 매출 정도는 우습게 되는 것도 사실이니.'

이휘철이 그걸 예견하고 있는지 아닌지는 차치하더라도, 어쨌건 친척들로 인해 그룹이 지저분해질지도 모를 일 하나는 여기서 막아 냈다.

기자회견이 이어졌다.

－중우일보의 김기환 기자입니다.

－말씀하시죠.

－그렇담 은퇴 이후엔 무엇을 하실 예정입니까?

기자의 제법 당돌한 질문에 이휘철은 빙긋 웃었다.

－허허. 글쎄요.

나는 주스를 홀짝이며 브라운관 속의 이휘철을 보았다.

'그러게, 이휘철의 은퇴 이후 계획은 들은 적이 없군.'

평생토록 쉬어 본 적 없던 이휘철이다.

이제 와서 회장직을 내려놓고 은퇴한다 한들, 그가 늘그막에 들어선 다른 노인들처럼 유유자적하게 남은 세월을 보낼 것이라곤 예상되질 않았다.

이휘철은 무언가 생각하는 듯 잠시 뜸을 들이다가, 카메라를 정면으로 쳐다보면서 씩 웃었다.

그리고 이휘철이 입을 열었다.

─늘그막에 할 일이 뭐가 있겠습니까. 이제 집에서 손주들이랑 좀 놀아 줄까 합니다.

품!

나는 마시던 주스를 뿜었다.

"으엑, 오빠. 지지."

"……."

놀아 준다고?

나랑?

맹물사탕 현대 판타지 장편소설

다시 사는 재벌가 망나니

**1994년으로 돌아간 재벌가의 사냥개
슈퍼 국민학생 되다!**

억울하게 재벌가 망나니와 함께 죽었는데
눈떠 보니 30년 전 초딩, 아니 국딩?
심지어 내가 아닌 그 망나니 놈의 몸!

정신없는 재벌가의 밥상머리 경제학과 함께
시나브로 회복하는 망나니 시절의 평판
과거 지식으로 연예계, IT 안 가리는 사업 성공까지

"그나저나…… 30년 뒤 이 몸을 죽이라고 사주한 건 누구지?"

재벌가 도련님으로 시작하는 두 번째 인생
엄친아를 뛰어넘는 국딩 CEO 라이프!

폐황제가 되었다

송제연 판타지 장편소설

팔자 편한 빙의물은 가라!
고생길 예약된 독자 출신 폐황제가 보여 주는
본격 스포 주의 생존기!

인기 없는 판타지 소설 '포킹덤'의 유일한 독자 민용
갑작스러운 완결 소식에 놀랄 새도 없이
다음 날, '포킹덤'의 폐황제 익스가 되어 눈을 뜨는데……

'그런데 이 녀석…… 사흘 뒤에 죽지 않나?'

외진 땅, 부족한 인재, 부실한 재정
뭐 하나 멀쩡한 게 없는데 목숨까지 왔다 갔다 한다?
믿을 구석은 대륙 곳곳에 숨어 있는 인재들뿐!

앞일을 내다보는 황제에게 불가능은 없다
모든 건 내 머릿속에 있을지니!